JN270678

# 僕が最後に言い残したかったこと

青木雄二

小学館

▲講談社漫画賞を受賞した頃の青木雄二氏。

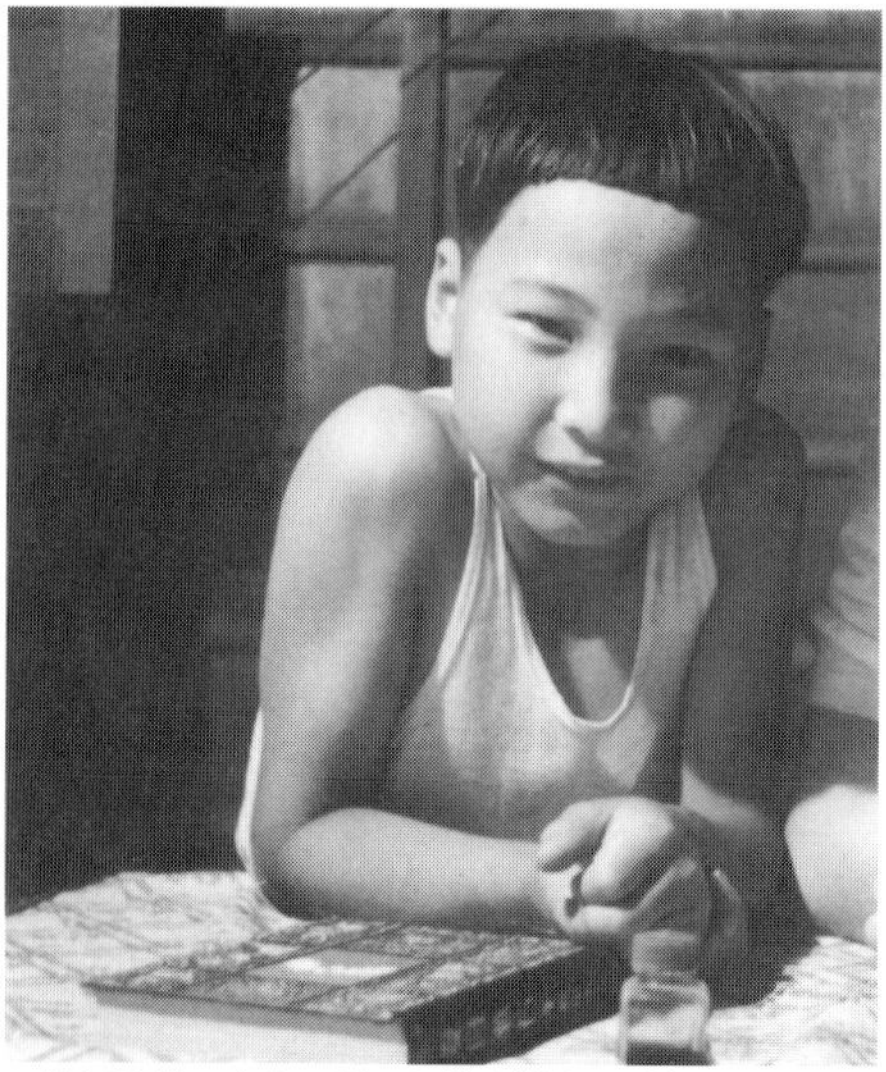

▲幼年時代。小さい頃から絵を描くのが好きだった。

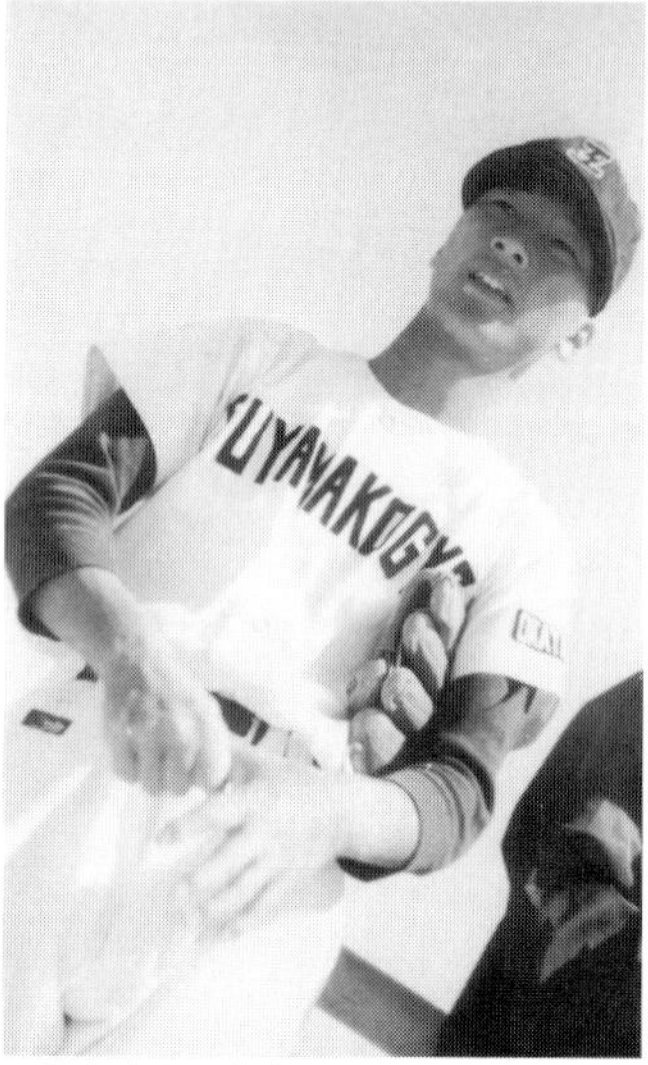

▲県立津山工業高校野球部の頃。

▲小学生の頃。庭で近所の友人と。

▲初任給1万円の山陽電鉄時代。4年で退社。この頃から社会の仕組に興味を持つ。

▲頂点へ。漫画賞を次々と授賞。

▲挫折の連続。版下屋時代。

▲多くの名作を生みだした氏の仕事机。今も愛用の眼鏡が机の上に残されている。

# 僕が最後に言い残したかったこと

青木雄二

# もくじ

本年9月5日、青木雄二氏は逝去されました。春、末期の肺ガンであることを宣告された氏は、病院での抗ガン剤治療の他、様々な民間療法を試しながら懸命の療養生活を送りました。本書は、その療養の合間をぬって行われた氏へのインタビューをもとに構成されたものです。その死の最後まで泣き言を言わず、生き抜く気力にあふれていた青木氏に、あらためて尊敬と哀悼の意を表します。

写真提供／青木若代
装丁／山口　明(ロッカーズ)

# ◉序章
# 日本へ

▲資本論を、マルクスを、日本の未来を。講演会で熱く語り続けた青木雄二氏。

# 選挙で日本を変える気があるんか！

この春、僕は肺ガンと診断された。ある時からセキが出て止まらんようになり、体もけだるい症状が続いたので、医者に行ったのや。最初はようわからんかった。「心臓弁膜症」とか言われて、気がつかんかった。実は僕は三年ほど前にも別な場所にガンを患っている。それは切除して治っているのだが、そのことがあって検査はマメにしている方だったので、ガンとは思わなかった。専門的に言うと、ステージ3Bから4という進行具合で、これは十分に末期ガンと呼べるものだった。これは以前に出来たものが転移したわけではなく、新たに見つかったものやった。

「いつまでもつんですか」と僕は聞いた。すると、最近の医者はハッキリ言うもんやなあと思ったものだが、「三〜四か月」とのことだった。
まだまだ僕にはやり残したことがある。だから、もちろんこんな宣告を受けて「はいそうですか」と簡単にうなずくわけにはいかんと思っている。元気になるつもりやし、第一、死ぬ気がしない。幸い、西洋医学だけでなく、民間療法でもいい薬が出来ていると聞いた。それをしっかり試しながら、がんばっていきますわ。

僕が本当にやりたい事は、社会的に弱者と呼ばれている人々を啓蒙し、彼らの生活を少しでも豊かにするということや。これは、若い頃から一貫して変わっていない。昔は僕自身も弱者であったから、これは切実な願いであったんや。そして、今では講演などで、「僕は金持ちになったから、今の世の中でも全然かまわない。むしろいまの体制の方がええくらいや。しかし、困るのは君らなのやで」

というオチまでつけられるような身分になった。だが、僕は本当に無知な人が社会の仕組みを知り、少しでもそれに抗うような行動を取らなければいけないと本気で思っている。僕がそんないらん心配をする必要はないのかもしれない。しかし、これは性分なのや。僕は自分の国をここまでひどいものにした不正義を許すつもりはないということや。

まず、ここでは僕が生まれてから今までの日本の動きを振り返ってみたいと思う。そのことが日本を考え直すヒントになるのやから。

僕は昭和二十年、終戦の年に京都で生まれましたが、昨今の日本の状況を見ていると、いまだに戦後の残滓をずーっと引きずってきている感じがします。事なかれ主義、米国追随、問題の先送りなどなど。そうした戦後日本の体質改善をないがしろにしたまま、「バブルが弾けた」と嘆いていても仕方ないやろう。

でも、「バブルが弾けた」とみんな言うておりますが、僕はまだまだ弾けとらんと思っておる。

八九年には三万八千円までつけた日経平均株価はその後だんだんと値を下げ、今年の春先には七千円台という、信じられないほどの低い水準まで落ち込んでしまった。しかし、これはまだ序の口ですわ。もっと恐ろしい事態が待っているに違いないのや。なぜなら、銀行の不良債権処理の問題も、構造改革の問題も何一つ解決していないからや。これも「日本お得意」の先送り戦術ということなのでしょう。

この不景気と、国債の乱発がこのまま続けば、とんでもない事態が起こるかもしれん。それは恐慌や。恐慌いうんはそもそもクライシス、あるいはパニックの訳語であります。簡単に言ってしまえば、経済生活が大混乱を起こす現象のことや。

恐慌の原因にはさまざまなものが考えられます。例えば、大地震、大洪水、伝染病などの自然的なものや、戦争、テロなどの人為的なものなどが挙げられるでしょう。これらによって生産物の供給が不足し、経済に大混乱が生じるというわけです。

しかし、現代日本において、自然的な原因から恐慌が起こることは、関東大震災を除けば、考えにくいでしょう。当然、現代における恐慌の原因は資本主義という体制そのものに求められると思います。

資本主義の利潤追求そのものの中に恐慌の影がひそんでおる。その利潤はどこから出てくるかというと、間違いなく労働者の生み出す労働からでしかありません。資本の利潤は労働の搾取から生まれ、これによって、資本主義が発展してきたのであります。

資本家が労働者の生み出す価値に対して、正当な報酬を与えないことはどのような結果を引き起こすのか。労働者が千円の価値を生み出したとしても、百円ぐらいの対価しか与えず、残りの九百円は全て資本家が取ってしまう。資本主義の大先進国、アメリカは今や完全にそうなっておりますな。この辺のメカニズムは極めて単純や。具体的に言えば、給料は据え置く、あるいは微々たる昇給にしておいて、商品の値段をどんどん上げていけばいいわけです。そうなると、多くの労働者は高い商品は買えない状態になります。

労働者が物を買えないとどうなるか。最終的に資本家は利潤が得られなくなる。これは資本主義が機能しなくなった事を意味する。これが恐慌の本質なのです。

今のデフレ状況の前は、日本は言わずと知れたバブル期にありました。同様にして一九二七年の恐慌の前にも、日本が好景気に見舞われていた時期がありました。第一次世界大戦による日本の成金時代です。いわゆる「お札で煙草の火をつける」馬鹿成金がたくさん出てきたんや。

第一次大戦中、ヨーロッパでは生産活動は止まり、米英の資本が日本市場に流れこんだのです。これを機に日本の資本主義はすさまじい勢いで生産を拡張していったわけであります。今の中国が似たような状況にあると言えるでしょう。

そして、第一次世界大戦が終わるとともに、日本の資本主義は直ちに恐慌状態に陥る。そして何度も恐慌を繰り返すうちに、独占資本が育つ土壌ができていきました。つまり、一九二七年恐慌が現代日本への転換点だったのや。

恐慌のたびに独占資本が肥え太ってきてるいうのは、やっぱり、国が大企業を助けているということやろうね。ここが日本経済が資本主義の看板は掲げていても、欧米の資本主義とちょっと違うところなんやろね。結局、大企業というものはつぶれない、つぶしてはならないという意識が政・官・財の間では強すぎるんやろう。実はこの事が一九二七年の恐慌以来続いている、日本の悪しき風習なのであります。

銀行でも、ゼネコンでも「ちょっとしんどくなってきた」となれば、「公的資金注入や」とばかりに国民の税金を湯水のようにつぎ込んできました。つぎ込むのもいいけど、国民の財産にだって限りはありますがな。恐慌のたびに銀行・企業に金をつぎ込んでたら、しまいには金はのうなって、借金をしなければならなくなるのは当たり前や。今の日本の大借金は、まがうことなく資本主義体制の所産であり、日本の保守政権の「最高傑作」なのであります。

国民が政治に関心を持たなくなると、政治家も官僚も悪さをするものだということは真理です。国民の政治参加については、戦前、戦中の方がまだましだったかもしれません。でも、日本国民はどちらかというと淡白すぎて、政治のようにドロドロとしたものを好まんのかもしれませんな。

でも、そういう気持ちは少しずつ改めていかなければならん。そうしなければ結局は自分の首をしめてしまうことになるのですから。

どう考えても、有権者の過半数が支持政党なしなんて異常やで。これは国民のせいではなく、明らかに政治家のせいやね。今の政治家には魅力がないもの。大体言ってることとやってることが全然違う。選挙公約なんてリップサービス以外の何物でもないことは国民は全員わかっている。そうなると、選挙も当然地縁、血縁、あるいは支援団体の間でしか盛り上がれなくなるわけです。

それに加えて、文部科学省が国民の頭をハンマーでがんがん殴りつけて、自由な発想をできなくさせた。政治とは所詮こういうものなんだと諦めさせてきた経緯もある。昔は「愚民化政策」などといって、政府にとって都合の悪いことは国民に知らせないようにしていた。

しかし、最近は情報化社会というのも手伝って、悪事は隠しとおせなくなっている。そうすると今度は見え透いた嘘をつく。もしくは開き直る。余計、たちが悪くなっているのです。国民は政府が嘘をついていることがわかっている。政府も、国民が嘘を見抜いていることを承知の上で嘘をつくのですから、政治に興味をなくすのは当たり前の道理やで。しかも野党も与党と馴れ合っているため、誰が敵なのか味方なのか国民にはさっぱりわからない。大人がこんなふうにいい加減であるから、それを見て育つ子供がいい加減になるのもあたりまえや。

「無理が通れば道理引っ込む」のことわざどおり、嘘がまかり通るようになれば、正直者が馬鹿を見ることになる。これはモラルハザードと言われているものですが、要するに信用が危機に陥っていると言うことや。

雪印食品による牛肉の偽装事件がいい例でしょう。二〇〇一年十月、農水省はBSEの疑いがある牛がいるのを発見し、全頭検査開始以前に解体した牛肉の買い取り制度を決めた。このとき業界団体の要望で在庫証明書だけで買い取ることになった。雪印食品の関西ミートセンター社員は輸入肉を国産用の箱に詰めて偽装し、国に買い取ってもらっていたのであります。もうこんなんばっかりや。いつでも国が業界を助けてやろうとするから、こんなあくどいことを考えるやつが出てくるんやな。

凶悪事件の増加とともに、犯罪の検挙率もどんどん下がり、ますます社会不安がつのっておる。これは警察の信用低下にもつながっておる。盗難事件もあとを絶たん。家人がいなくなった隙を見計らって簡単にドリルで穴開けたり、ガラスを切ったりして侵入してくる。完全にプロ化、組織化されとるわけや。中には外国からやってきて、散々荒稼ぎしてまた本国に逃げ帰っていくやつもいる。

大体、世界一治安のいい日本において、殺人事件がこれほどまで日常化することや、さらには若年層による凶悪犯罪が増加するなどということを誰が予想しえたでありましょうか。

僕は日本を救うためにはやっぱり教育の問題が最重要課題だと思います。そのためには文部科学省が学校を管理するのを止めさせることが第一歩やと思うのです。文科省が教育現場に口をはさんでよくなった例がありますか。それはいつの間にか利権となり、いい加減な教師が、教育現場に現われるもとになってしまったといえます。どのような現場であれ、権力が横槍を入れると、必ずそこは腐敗していくのです。

それが証拠に、子供を教える側の教師の質がどんどん落ちてきています。大阪では、府立高校の数学の問題を半分も解けない数学教師が免職処分を受けました。他にも、指導力不足の教師や生徒に破廉恥行為をする教師など、こんな先生に教わった子供は不幸の極みやで。

私立学校も文科省の管轄下にありますが、それでも公立に比べたら格段に自由な教育ができる。教師の質も高い。第一、私立学校だって、学校経営においては競争原理が働きますから、いい加減な教育をやっていたらすぐにつぶれてしまうので必死にやる。塾が流行るのも同じ理由や。

こうした文科省による教育行政の唯一の成果なのか、日本人は異常なほどの高い物価によう耐えてきたもんや。日本人というのは本当に辛抱強い、というかあきれるぐらい人がいい国民なんですな。

アメリカに「車の輸出を規制しなさい」と言われたら、すぐに従う。「貿易黒字を減らせ」と言われれば、アメリカ国債をしこたま買いこむ。「捕鯨を止めろ」と言われれば、「調査捕鯨はやらせてくれ」と言うだけ。

鯨の串カツで焼酎を飲む楽しみを何で奪うんや。という具合に、どんな状況になってもへこたれん日本人ですから、給料が少なくても物が高くても我慢できていたんですな。

にもかかわらず、物価がこれだけ下がっているというのは、どう考えても日本人が物を買わない、よっぽどいいもの、納得できるものでないと買わなくなっているということでしょう。

中途半端な商品はなかなか売れんようです。例えばテーマパーク。宮崎のシーガイアとか千葉の行川アイランドなどが軒並み閉園し、東京ディズニーランドの一人勝ちの様相を呈しています。電化製品の付加価値志向はどんどん広がりを見せ、たとえ高価でも国産の方を買う人が多い。その方が結局は得だからです。その一方でただ安いだけでは物は売れない。完全なデフレ状態です。

国民が自己防衛を強いられているにもかかわらず、日本政府はまだまだ搾り取れるとばかりに国債の発行を続けています。先ほど言ったように、二〇〇四年度の国の税収は四十兆円と言われています。そして国債の発行額も四十兆。これはどう考えても正気の沙汰やないで。そして、この狂った政府の行動は、もはや、自民党の力ではどうすることもできない。

専門家の話によれば、日本の国の借金はもうすでに一千兆円を超えているらしい。国民一人あたりに直すと八百三十万円。お年寄りから赤ん坊まで誰もが八百三十万円の借金をしているのと同じなのです。しかも、毎年その額は増え続けているのです。利息も付けなあかんし、新しい借金（新規国債）も発行し続けているわけですから増えていくのは当然の話や。税収の落ち込み、国債の発行増、さらに景気の後退。これは、まさしく恐慌の一歩手前であります。

このままでは、必ず国家破産の危機が来ます。いつの日か、日本が事実上のデフォルト状態となり、国債が大暴落。銀行が壊滅状態になり、取り付け騒ぎが起こり、政府は預金封鎖を挙行。その間に新札切り換えを行い、旧札は事実上の紙屑となる。さらにインフレで国の債務も一切帳消しになるでしょうが、国民は二度と政府を信用しなくなること請け合いです。徳政令、すなわち借金棒引きが時の政府を弱体化させることは鎌倉時代からの事実が証明しております。

しかしながら、このような国家存亡の危機の中でのんびりとしているわが国の議員のみなさん方には、国民は怒るのを通り越して、しらけ切っておる。今の議員の中で本気で国を憂えているのはほんの一握りの議員さんたちだけでしょう。予算の分配と利権探しに明け暮れて、国民の事など全く興味ない連中が大半を占めておる。要するに金にならん事には絶対に動かんのや。

「利権で金は入るし、高額の年金も入るし、あとは勲章だけやな。あっ、その前に日本経済もそろそろ危ないから、貯金はドルに買えとこか、ゴールドも少し買っといてと……」政治家なんて大抵はこんな感じやと思うで。

だいたい許認可制度というものも問題多すぎや。ある意味、これをなくさない限り、日本という国は永久に救われないんやろな。

許認可制度というのは早い話が、「役人は偉い、その中で高級官僚が一番偉い。役人は絶対に間違いは起こさない。それに対して、国民は馬鹿で、間違ったことばかりしている」ということから来ている。

まあ、外務省の役人どもなぞは、「国民の金など自分たちで使い道を考えるのが一番」と思っているようですからな。中には自分の金だと本気で思い込んで外務省の官房機密費を横領して競走馬を買うたりするやつもおったけど。ともかくこうした腐れ官僚どもを何とかしない限り日本の国はもう立ち直れませんで。

小泉構造改革の一つに、規制緩和がありますが、抵抗勢力の反対によってなかなかうまくいっていないようです。このことを見ても許認可制度が利権の温床になっている事を如実に表わしています。どう考えても業者の既得権利を守るために、政治家が許認可制度を利用しているとしか考えられません。これは市場原理の否定であり、こうして保護された業界の内部はますます政治家と癒着していき、内部から腐敗していくことはよくある構図であります。

日本道路公団などが利権の巣窟であることは世界中に知れ渡っております。今や、北朝鮮の日本人拉致事件に対するのと同様、全国民が非難しているといってもええやろ。

総裁の藤井治芳いうんは、高速道路建設をめぐっての大手ゼネコンとの癒着、国土交通省をも抱き込んでの利権問題、ファミリー企業への関連事業の独占等々、悪いウワサが飛びかっております。

ほんまに悪どいやつや。それに対して国会議員は何で藤井に何にも言えないのか。恐らく藤井が議員の金玉を握っておるんやろう。誰が見てもそうとしか考えられんで。

「おまえら、俺に逆らうんやったら金玉握りつぶしたるからな」

そう恫喝されたら、誰も何も言えなくなるわな。政治家もさんざっぱらお世話になってるに違いないわけですから。扇大臣は金玉つぶされる心配はないんやから、あんたが藤井に引導渡したらんかい。

小泉さんも、道路四公団民営化推進委員会に「丸投げ」するんやったら、委員会にはもっと強制力とか、執行能力を持たさんかい。委員には税金から報酬を支払っとるんやろ。それぐらいの力を持たせないと、税金の無駄遣いになるだけや。とにかく市場に任せておけば、最高品質のものだけが残っていくんや。役人に言われなくても、消費者が一番わかっとるんです。競争のないところに進歩はありません。許認可権や法律等の規制には、現実とそぐわないものが多すぎる。

売春防止法というのがありますやろ。あれかて、理論的に言ったら、売春をなくすためにある法律とは違うんやで。現在、ある特定の風俗店に行けば性行為なぞ簡単にやらせてくれるのは誰かて知ってます。これは風俗営業許可を取らず、お上に内緒でやる売春は許しませんよということなんや。つまりこれも許認可のなせる偽善やないか。要は国に金が入らない、政治家に金が入らない仕組みは絶対に許さんということや。

以上のように、日本人の行動様式は一九二七年の恐慌を契機とした独占資本の成立以来、何一つ変わっていません。第二次世界大戦における敗戦？　そんなものは日本人にショックを与えはしましたが、ドラスティックな行動様式の変革をもたらしはしなかったのであります。帝国陸海軍の兵士が、ただモーレッサラリーマンに変わっただけでしかありません。

今の日本は明治維新ほどの大変革が起こらねば、救われることはないと思います。しかもそれをやり遂げることができる人物は残念ながら、国会議事堂にはおらんことは間違いないでしょう。今も昔も、世の中を変革するのは老人たちではないのであります。

これまで、僕は日本のふがいなさに憤りを感じて、いろんな場所でその怒りをぶちまけてきました。最近、なぜかすべてのことがめんどうになり、「日本の行く末など、どうだってええやないか」と考えている自分に気づくことがあります。

自分たちの世代はどうなろうと構いません。しかし、自分たちより下の世代で、少しでも頑張っているけなげなやつを見たら、力を貸してやろうと思いませんか。

かつて僕が「信じるにたる大人は必ずいる」と思ってきたように、どこかに支えを必要としている人間がいるかもしれない思うと、年をとったなどとのんきなことは言っておれません。

ことに、僕は今、肺ガンを患っております。余命は三か月と言われました。唯物論者ゆえ、僕は死ぬことなど怖くはありません。死ぬ気も一切ありません。僕は天国も地獄も関係ない立場にいるが、キミらは何かせなんだら、それこそ生き地獄になるんやで。

日本は変わるかもしれないし、変らないかもしれませんが、変えようという有権者の意思だけが変革を可能にするのだということを、馬鹿の繰言のように、伝えるしかないのだと思っています。

## ◉第一章

# 中高年サラリーマンへ

▲制服を着て。山陽電鉄のサラリーマン時代。

## 定年――ほんまのスタートはここからや

一九八九年はバブルの絶頂期でありました。各企業は設備投資に力を入れ、それと同時に大量の新卒社員の採用を行なっていました。今とは完全に逆の状況の売り手市場であり、一人の新卒学生を数社の企業が奪い合っていたのであります。

そして十数年の時は流れ、当時採用された新入社員も、今や中堅のサラリーマンになっていることでありましょう。とにかく七〇年代後半から八〇年代にかけては、採用人数がどの企業も非常に多いはずであります。多いということは、それだけ役職につくのが難しいということであります。ただでさえ、出世競争が厳しくなっているのに、その上さらに景気後退が会社を襲っております。

リストラという名の首切りがあちこちで行なわれる。あるいは辞めさせたい社員に嫌がらせをして自ら退職届を出させるように仕向けるなど、あらん限りのやり口で会社は生存競争に勝とうとしてもがいております。

しかし、リストラとして早期退職を募る場合、残って欲しい人材ほど企業に見切りをつけて他の条件のよい会社に移り、残って欲しくない人材ほど強引に居座るものです。これはどう考えてもあたりまえのことですわな。

仕事ができない人間は、今この会社を出てしまったらどこも行くあてがないし、よそからの引き抜きなどあるわけがありません。逆に仕事のできる人間は、どこの企業からも求められているわけですから、条件のいい方に移るのは当然でありましょう。

今までの企業は仕事のできる人間も、できない人間も両方ともに面倒をみる慣習があたりまえであったわけです。それを端的に示すのが年功序列制度でしょう。

よくこの制度を悪しざまに言う人がおるけれども、それは米国系企業の論理であって、日本の風土としては雇用対策上最良の方法だったとも言えるんや。

今、失業問題を解決しようと国がワークシェアリングの導入を勧めたり、企業が失業者を雇ったら補助金を出すいう制度をつくろうとしたりしているけども、そんなもんは論理が逆立ちしとると思うで。

能力、能力というけれども、人間は機械やない。終身雇用制、年功序列制度はきわめて無駄のない日本の国にはふさわしい制度なんや。事実、アメリカは、日本経済における不可解なものとして、それを恐れていたわけでしょう。

まあ、確かに年功序列というのも、若い人の中には面白くないと思う人もいるかも知れません。自分の上司が自分より頭が悪いなんていうことはよくあることやし、そういうやつに限って自分は頭が良いと思っているから始末に負えません。

そのくせ一人前にコンプレックスだけは持っている。他人が何かいい企画を立案したり、プロジェクトに成功すれば全部自分の手柄にし、失敗すれば部下に押し付ける。こういう手合いがどこの会社にもゴロゴロいるわけですが、まあ、いちおう会社には序列があるわけですから、下手に逆らわんと、「へいへい」と言うことを聞いて自分の出世の順番を待ちながら仕事をしていればいいのです。いまさらどこの企業に行ったたって状況は同じやで。

また、いろんな人間がいてこそ、企業が活気づく面もあるんや。スタンドプレーの好きなやつもいれば、縁の下の力持ちもいる。犯罪すれすれの危ない橋を渡るやつもいれば、国税局の査察にも耐えられるほどの超几帳面なやつもいる。部長の娘を口説いて出世するやつもいれば、仕事は全然できないけど遊び上手で、取引先のエライさんのごひいきに預かるやつもいる。そんなやつらが集まっている企業は文句なしに強いで。

資本主義社会というのは、建前上は競争社会や。実力がないやつは置いていかれるということになっとる。これは一見、合理主義的なものの考え方で大変結構な話やと思われるのやけど、何でもかんでも合理主義で通すのははなはだ危険なことなんやで。

その一番いい例が、今のアメリカや。あいつらは完全に物を作ることを忘れとる、というより放棄しとると言ったほうが正確かも知れん。経済というのは物を作って何ぼの話や。多分、あいつらは日本と旧西ドイツとの経済戦争でコテンパンにやられてしまったのでおかしくなったのかも知れんな。

もう一度言っておきます。今の日本経済はまったくの混沌状態にある。それは政府の場当たり的な対策、財務省官僚の無知、無能さ、アメリカの押し付け、これらによって成り立っておるんや。

アメリカはもう腐っています。法律と、現実にはありえない市場ルールでマネーゲームに狂奔しとる。特に冷戦終結後、唯一の超大国アメリカはますますその徹底した合理主義、愛国心の発揚、理性への異常なまでの信奉といった傾向がひどくなり、ヨーロッパの連中も「ちょっとあぶないんちゃうか」と思って心配そうに顔色うかがっている状況やろ。

日本と欧州が協力してアメリカを説得すればいいのに、残念ながら日本はアメリカの言いなりになっとるだけや。

人類学者の今西錦司氏は、現代社会のように高度に進歩した機械文明の中で、人間が果たしてそれについていけるかどうか。もしもついていけないような事態になれば、いくら企業として前進しようとしても、それに適応できない人間が出てくるのではないか。そうなるとそうした人間は切り捨てられるほかはないと、三十年以上も前に予言しておられます。

そして今、日本にはそういった「高度文明化社会」に適応できない人間の数が恐ろしいほどに増えているのであります。

このように日本経済ははなはだ悲観的な状況でありますが、定年までしっかりと働くことです。無理は禁物ですって。いつも頑張っているふりをして、適当に力を抜いてやっておれば何でもうまくいきます。

今の時代、学校でも会社でも積極的になる必要なんかちっともあらへん。目立つより、先生や上司に言われたことを忠実にやっておけば好印象を与えよる。ヘタな意見をするより、無難にこなしておくのも一つの手なんやで。

特に家族のために、ただひたすら会社に忠誠を誓って馬車馬のごとく働くサラリーマンは気をつけねばなりません。そんなサラリーマンが、いつの間にか妻や子供たちとの絆が断ち切られているのに気づかず、定年退職した瞬間に妻から離婚を切り出されるという話はよく聞きます。これも合理主義に走りすぎたための悲劇なのであります。

「子供たちも無事に独立したし、私も一人で生きていこうと思います。これに判子をついてください」

「なぜや、わしがどんだけ家族のために一所懸命働いてきた思うとるんや！」

こういうサラリーマンは家庭の実態を見ておりません。もちろんお金を稼ぐのはいいことやが、稼いだお金をどう使うかが問題になってきとるんや。

マイホームの資金をつくるのもええやろう。自家用車を買うのでもかまへん。しかし、そのことが本当に自分にとって大切なことであるかどうかを真剣に考えることが一番重要なことや。

マイホームを得るために往復四時間かけて通勤する。しかも残業をしなければならんから、帰るのは十二時近く。さらに、朝は六時には家を出なければならない。結局、マイホームを買ったからいうても、家には寝に帰っとるだけやで。車かて、奥さんに駅まで送ってもらう以外には使い道がない。

おまけにこんだけ働いとったら休日にはゆっくりと寝ていたいから、家族そろってドライブとはなかなかいかんやろ。こういうのが積もり積もって、奥さんの不満になっていくんや。

しかも、サラリーマンにはいずれ定年というものがやってきます。六十歳になれば、いやでも会社を去らねばなりません。その後、関連企業に嘱託として勤めたり、再就職したり、あるいは年金が下りるまで、退職金でなんとか暮らすなどするわけです。

そうした時に問題になってくるのは、時間の余裕ができた後の生活であります。まさか赤ん坊のように十時間も二十時間も寝てるわけにもいかんでしょう。かといって、起きているだけではイヌや猫と同じです。

世界一の長寿国である日本、定年後の人生もまた長いものなのであります。定年後の人生を今から考えておくのが大切なことなのです。

会社でバリバリと仕事をしていた人間ほど、定年後にやることがなくてうつ病になったり、ホッとして倒れたり、ボケたりするものです。サラリーマンのみなさん方には、現役のうちから定年後の新しい自分の人生設計を考えておくことをおすすめします。

とにかく自分のやりたいことをやることや。趣味でもいいし、アルバイトでもいい。学生時代にはよくやっていたのに、就職を境に止めてしまったたしなみ事などもあるやろう。

目先の金を稼ぐことばかり考えたり、病的なまでに仕事に打ち込んだりせんで、定年後の計画を立てる時間もきちんと持たねばあかんで。何をするんでも、遠大な計画を立てるにこしたことはありません。大きな器をつくるには、時間がかかるんや。定年を迎えてから考えるのでは遅すぎるで。

では何をやるのか。それはあんたが自分で決めることやが、何をやるにしても家族との協調を図ることは大切や。自分一人で勝手に何でも決めたら絶対にあかんで。特に奥さんとの関係は良好にしておきたい。協力が得られんと、計画もおじゃんや。

例えばの話、大学教授は、当たり前だが、ようけ本を買うらしい。僕も本は好きでよく買う方だけれども、大学教授は仕事柄、大量に本を買う。公費、私費の両方で買うから、大学の研究室も自宅の書斎も本でいっぱいになるそうや。

ところがな、やっぱりこれだけ本を買うからには奥さんの機嫌をとるのが一番大事になるそうなんや。というのも夫が一万円の本を買うと、奥さんも、「あんたが一万円の本を買うのやったら、私も、服買わせてもらいます」とこうなるらしい。いくら、商売のためだからとはいっても説得はなかなか難しそうやな。

これはな、はっきりいって旦那が悪い。いくら研究用、商売用とは言え、旦那が一万だの二万だのを出して本を買ってきて、書斎でにんまりと大事そうに繰っているのをみると、奥さんにしてみれば、当然うらやましいと同時に、「何であの人だけいい気分になっとるんや、私かて欲しいものあるのに」という、嫉妬にも似た恨みがましい気持ちになるのです。しかも、大学教授は頭はいいかも知らんが、相手の気持ちを汲むのが苦手なタイプが多い。だから、結婚前、付き合うてるときにちゃんと教育すればよかったんや。

いちばん簡単なのは徹底的に「洗脳」して本好きにすることや。奥さんの好きな分野の本を徹底的に買いまくる。もしも奥さんが映画好きなら、多少値段が張っても、写真がバカバカ載っている、できるだけ大きくて製本のいい、高い本をいっぱいプレゼントするんや。

そうすれば彼女も必ず乗ってくるもんや。金のことはけちけちしないでちゃんと投資するんや。何しろ遠大なる計画やからな。

奥さんの機嫌が取れたところで、定年後のライフスタイルの設計や。例えば、自分としては蕎麦打ちの研究がやりたいと思うやろ、そうしたら一家全員をまず蕎麦好きにすることや。それも生半可の蕎麦好きではダメ。普通の蕎麦切りだけでなく、蕎麦クレープ、蕎麦がきなど、本当の蕎麦粉のうまさがわかるようにしなければあかん。

それから休みの日ごとに蕎麦打ちやうどん打ちの練習をする。奥さんと二人で蕎麦の研究をするんや。子供も、うどんを足でこねてもらうことによって、同時に計画に巻き込んでいく。こういうことは既成事実が必要なんや。

連休には信州辺りに出かけて本場の味を確かめる。家族サービスもできて、一石二鳥や。帰りには地酒と蕎麦の地粉を買ってくる。

子供も「今度の連休にまた行こうね」と必ず言ってくるはずや。「お父ちゃんの蕎麦打ちはただの趣味やない。本格的や」と思わせないけません。そうすることによって、自分も気を引き締めて技術のマスターにのぞむことができるのです。

次の日曜日は早速地粉を使って蕎麦打ちの修行です。もちろん夜は「手打ち蕎麦大会」や。たくさんできたら、ご近所さんへもおすそ分け。その際、しっかりと意見を聞くことや。せっかくただで食べさせるのだから、正直にどこがいいか悪いかはっきり言ってもらわんと、腕は上達しません。どこがどうまずいのか必ず批評してもらい、次の蕎麦打ちにつなげていくんや。

ボーナスをはたいて道具もどんどんそろえていく。その頃には、お母ちゃんも蕎麦打ちに熱中していて、「蕎麦切り包丁はこれがいい」などと、銘柄まで指定してくればしめたものや。

蕎麦が売り物になりそうなぐらい上達したら、一応、飲食店経営の勉強も始めたらいいやろう。とにかく、何事においても、技術というのは頭で覚えるのではなく、体で覚えるものなんや。何回も何回も繰り返し練習することによって、頭で考えなくても、体が勝手に動くようになる。

そうなるためには同じことを何回も何回も繰り返していくしかない。またそうなるようになれば、間違いなく売り物になる蕎麦はつくれるようになっているはずや。

このように、日頃から技術を仕込んでおけば、定年を迎えたときにやるべきことはちゃんと待っているんや。定年はさびしいものでなく、待ち遠しいものにせなあかんのや。酒ばっかり、食らってたらあかんぞ。

人間は本来どんなことでもできるようにつくられているものなんや。本当にやりたいことを夫婦で見つけて一緒にその下準備をはじめることです。全く新しい生活が開けるはずやで。

定年後が人生の新しいスタートラインであるのと同様、夫婦の間にも新しい関係が生まれる。

世知辛い世の中やけど、どのように考えても、自分の人生を生きるしかないのやから、いつでもプラス思考で楽しく行きましょうや。結果はあとからついてきますで。

# ◉第二章
# 若者へ

▲捕手で四番。野球漬けだった高校生の頃。

# 出でよ、若き野心家たち！

「すべてを疑え」。これはマルクスが僕に教えてくれた言葉です。僕が今の若者に与える言葉があるとすれば、やはり同じ言葉を送るでしょう。でも、それではやっぱり芸がないから、少し変えて「日本を疑え」としますか。

昔の大人は若者には厳しかった。しかし、だからこそ若者は鍛えられ、早くから自立心を持ったのや。

今の大人は若者に媚びとる、ご機嫌を取っているだけなんや。それも下心いっぱいにな。だから主体性の持てない、ただ流されるままの、無防備で危険極まりない若者がたくさん出来上がってしまった。

そして狡猾な大人たちは、そうした若者が世間馴れしていないのをいいことにさまざまな甘言を弄して、自分たちの利益を得ようとたくらんでおるんや。また若いやつはそれにまんまとのってしまうんやな。

例えば、女子高生とか女子中学生が、あくどい大人にのせられて売春をして金を儲けている。でも、これかて、結局はだまされているわけやで。もし、今このような売春行為をしている子がこの本を読んでたら、僕ははっきり忠告したい。今すぐそういう行為は止めなさい。

「自分の体で何しようと勝手じゃん」やて？　まあ、最後まで聞かんかい。おまえら自分の体を売ってると勘違いしとるけど、実は心を売っとるんやで。しかも客に売っとるんやなくて、「悪魔」に心を売っておるんや。それも安い金でな。

ところが売ったつもりが、いつの間にかとんでもない「負債」を抱えることになる。自分の体にその「悪魔」が入り込んできて、おまえたちの体を支配してしまうんや。自分が自分でなくなるんやぞ。これほど恐ろしいことはないで。「悪魔」に心を売った代償はあまりにも高い。今ならまだ間に合う。早く悔い改めることや。

最近は、サラ金のＣＭがテレビでよう流れるけれども、何とかならんのかいの。あれなんかは完全に若者がターゲットになっとるんやで。エレキギターを買いたい、海外旅行に行きたい、ブランド商品を買いたい。でも、お金がない。そんなときは気軽に「キャッシング」やて？　要は借金やろ。しかもご丁寧に「計画的にご利用ください」という注意書きがつくのが気に食わん。そもそも計画的なやつが、借金なんかするわけないやろ。

この不景気の中、サラ金が儲かっているのは、銀行がサラ金に資金提供しているのが大きいのや。サラ金は数％の利息で銀行から金を借りてきて、三十％ほどの金利で一般人に金を貸す。採算が合うどころの話やない。銀行にしたって、中小企業に貸すよりも、サラ金なら確実に金が取れるし、第一安心、安全やがな。

そらもう、いくらでも貸しまっせというところやろう。

そのサラ金から、金を借りて旅行に行ったり、欲しい物を買ったりすることに何の抵抗もないようであれば、あなたは一生金に不自由する生活を送ることになるのは確実だと断言してもいい。欲しいものがあったら、まず貯金をしなさい。計画的にお金を貯める習慣をつけないと絶対にダメなんや。

今、若者がだまされる物の中でもっとも深刻なものは多分宗教やと思う。それも怪しげな新興宗教や。これは間違いなく、今後も続くし、再びオウム真理教のような大きな事件をもたらす可能性は大いにあるんとちゃうか。

若者の悩みにつけこんで、徹底的に洗脳して入信させる。あとは教団の思いのままや。あんたは金づるでしかないんやで。ええか、若者よ、悩みのない人間なぞおらんのや。そしてその悩みを乗り越えて、困難を克服するのは他でもない、自分自身しかおらんということを忘れてはならん。

はっきり言おう。新興宗教の大部分は金儲けしか考えとらん。金を集めるために宗教団体を名乗っておるに過ぎんのや。「この壷を一千万円で買えば、あなたは幸福になる」。金額が大きければ大きいほど、だましやすいんやなあ。

オウム真理教の麻原彰晃の「風呂の残り湯」はひと瓶、数百万円もしたそうや。何でも、これを飲むと効果があると信徒に勧めるらしい。何で大金払ってそんな薄汚いものを飲まなならんのや。

これだけは言える。まともな宗教は、まず施しは受けるが、お金は要求せえへん。それから、信者を勧誘することもあらへん。ましてや政治活動など絶対にやらんと断言してもいい。そもそも宗教というのは世俗のものを一切拒否し、悟りの境地を開くもんやないのか。

結局、楽していい目が見られると思うないうことや。甘い誘惑のささやきの向こうには、必ず深い落とし穴が開いているんやで。だから最初に「すべてを疑え」

と言うたやろ。行動する前に少しばかり頭を冷やして考えたほうがええで。

自分の頭でものを考えんから人にだまされるんや。一度だまされるのはだまされたほうが悪いけれども、二度だまされるのはだまされたほうが悪い。人間には学習能力というもんがある。一度だまされたら二度目はだまされんぞという気持ちを持たないかんで。

思うに、今の若者は「これをこうやったら、次はこうなるやろな」という想像力に乏しいのではないやろか。喧嘩をすれば、相手が死ぬまでやってしまう。加減をまったく知らない。僕は、若者同士の喧嘩で相手を殺してしまうという事件を聞くたびに、今の若い者はやっぱりその辺の加減を知らないと思うし、小さい頃の経験がまったくないのは恐ろしいことだと考えざるをえません。

中学、高校になってから、しつけがなっていないなどとがみがみ言っても、もう時期としては遅いんやが、敢えて、僕が今の若者に言うべきことがあるとすれば、「自分の行動に責任を持て」ということ、言い訳をするないうことや。いい年した大人だって失敗するときは失敗するんや。まして若者やったら失敗の連続でもおかしないで。自分の行動に責任を持つことは、自分の行いを正すことにもつながるんや。したがって、人にだまされることもなくなる。そして、一番大事なのが、自分をだまさんこと、つまり自分をごまかさないことや。自分のあやまちを認めないことは最大の悪徳なんやで。

自分が間違っていたならば、素直にあやまったらええんや。悪いことしたり、他人に迷惑をかけたりした時は、人のせいにしないで素直に謝ること、これが一番大事なんや。これができんとろくな大人になれんことは、政治家や官僚などを見ていればわかるやろ。自分の過ちを棚に上げる、あるいは奇妙な論理を使って自分の行為を正当化する。やっているのは自分だけじゃないと開き直る。はっきり言って見苦しい行為や。

みなさんはドストエフスキーの「罪と罰」はもう読んだやろか？　僕は三十八歳にしてこの名作を初めて読んだんやが、もしみなさんの中でお読みになっていない人がいたら是非読んで欲しい。

主人公である貧しい大学生ラスコーリニコフは「万人に有害で、自分でも何のために生きているのかわからない人間の金を奪って、他の有益なことに使う。天才にはそれをなす権利がある」という自分勝手な論理を振りかざし、強欲な金貸しの老婆を殺して金品を奪う。しかし、予定の行動に反して、善良なその妹のリザヴェータまでも巻き添えで殺してしまいます。

金貸しの老婆から盗んだ物はすぐに捨ててしまうかわりに、どうしてこれほどまでの苦痛を背負わねばならぬのかと後悔の念にかられていく。街で老婆殺しのうわさを聞く度に生きた心地がせず、判事ポルフィリーにラスコーリニコフは議論を挑まれ、心理的に追い詰められていく。

彼は、継母や弟妹のために身を売っている純粋で敬虔なソーニャと知り合い、精神的に追い詰められたこともあって、彼女に救いを求めます。

一切を告白されたソーニャはラスコーリニコフに自首を勧める。ラスコーリニコフは「お金が欲しくて官吏未亡人とその妹を斧で殺したのは僕です」と自供し、シベリア送りになる。ここで物語はお仕舞いです。

この小説で見落としてならないのは、ラスコーリニコフにとって、金貸しの老婆を殺した理由が最初と最後で違っていることや。最初は悪魔にとりつかれたような「強欲な金貸しばあさんの金を奪って有益なことに使うのは天才の権利である」という恐ろしい論理でありますが、最後には天使の如きソーニャに諭されて、「金が欲しくてやった」と、悔い改める気持ちになるんや。

人間の心理状態というのは不思議なもので、同じ行為でもまったく違うととらえ方をすることがある。自分でも気がつかないうちに、自分に都合のいい考えで物事を見てしまうことはありうるのです。特に、自分の利害が絡んでくると、人間はまったく公平な目で見られなくなるのです。

ドストエフスキーはそのような人間が持つ「業」というものを「罪と罰」のラスコーリニコフをとおしてまざまざと描いたんや。

そう、人間はこのような「業」というものを持っている。その「業」と向かいあい、対決し、それに打ち勝ってこそ、真の人間になれるということなのです。

ところで、若者をだますけしからん大人たちはまだまだおるんや。だましの筆頭はやっぱり役人と政治家、これに尽きると思う。ほとんどの国民は国にだまされ続けてきた。国民ももういい加減に本気で怒ったほうがええで。

若者にはまず、現代の日本の政治を否定することから初めて欲しいと思うのや。そのためには、いわゆる「エリート」が、日本にとってどのぐらい害をなしているかということに目を向けて欲しい。

日本の「エリート」の代表格である高級官僚の多くは東京大学の出身や。政治家も、官僚出身の場合はやっぱり東大卒が多い。

しかも彼らは日本の教育界から見れば、非の打ち所のない、理想的な人間像としてとらえられていることに注意したほうがええ。「これ以上ない完全な人間」「日本の将来をまかせるに足る立派な人物」として社会に送り出されていくわけや。

それでは彼らの多くはどうなるか。それは昨今の外務省や農林水産省の不祥事を見れば明らかやろう。しかも、マスコミ等で、その犯罪性がはっきりと暴かれているにもかかわらず、いつも責任の所在が曖昧模糊としており、話は何となくうやむやになっていく。あるいは、組織とはまったく関係ない一個人の犯罪ということにされていく。

そしていつの間にか、国民からすると釈然としないまま幕引きとなってしまうんや。責任がいわゆる「キャリア組」にまで及ぶことは決してない。全部ノンキャリアのせいで終わってしまうんや。第一、官僚が自分の非を認めることは絶対にないと言ってええやろう。官僚制とはそういうもんということや。

「自分は絶対に正しい」と信じていることがそもそもの間違いの始まりなんや。なのに官僚たちは自己の無謬性という前提を取り下げんから、ひとたび問題が起こっても、問題という認識が薄いんやろな。特に、官僚は不祥事が出世競争に響くらしいから、ある役職についても、在職中は何事もないように、必ず前例を踏襲する。「前例がないことは絶対にやらん」というわけや。

自分たちのやることには間違いがない、間違いがないと呪文を唱えとるうちに、本当に「自分は正しい」と信じてしまうんやないのか。それが官僚特有の物事のとらえ方なのだと思うで。だから、何か問題が起きた場合には、絶対にもみ消すしか方法はないんやろうな。そもそも問題は起きないことになっとるのやから。

おまけに官僚は個人ではなく、組織として「水も漏らさぬ」体制が敷かれておる。上の方が間違いをして、その間違いを認めたら、責任は組織全体に広がってしまう。だから一口に責任といっても、それは自分だけの問題では済まなくなるんや。したがって官僚のことなかれ主義というのは、個人の問題ではなく、組織の問題ということなんやな。

外務省の官房機密費横領事件だとか、農水省がＢＳＥ問題での対策の遅れなどについて、大臣が自ら責任をとることはあっても、官僚のトップ、例えば事務次官などは、解任はともかく、自ら責任を取ることはまずありえんのやな。外務省では他にも国際会議での経費をホテルに水増し請求させて、省の職員がそれを着服したり、タクシー代を水増し請求させて詐欺に問われたりと、外務省内で職員が国益を損なう行為を繰り返しとった、その当時事務次官だった川島裕ら三人は何のお咎めもなく、九千万近い退職金をもらって退職しとる。

政治家のダメさ加減も相当なもんやで。蔵相や首相をやっとった宮沢喜一というのがおるやろ。あれも英語ができることと、東大卒で大蔵エリート官僚だったことが自慢らしいが、やったことはほんとに許しがたいものなんや。誰が言ったか宮沢喜一は「平成の高橋是清」なんやそうやが、高橋是清も、こんなクズ政治家と比べられてては浮かばれんやろう。大蔵大臣の時も、首相の時も積極財政で押し通し、結局はバブルの処理を誤って、今日の日本の不況を引き起こした最大の「功労者」といってええんやから。

要するに長期的展望などないということやね。バブルが弾けた頃にすぐさま財政再建、緊縮財政を行なっていれば、傷口を広げることはなかったのに、最初のボタンをかけ違ったために、事態は好転どころか、悪化の一途をたどったんや。

高橋是清蔵相は昭和の大恐慌のときに、緊縮財政によって日本経済を立て直そうとしたんやが、軍事費の圧縮を快く思わない陸軍によって、二・二六事件で殺されました。彼はまさにおのれの命を張って、日本を救おうとしたのであります。

そんな立派な人と、「エリート」であることだけがとりえの無能なやつを一緒にするなんて許せませんな。

以前から、国の宣伝しているものに「これからはＩＴの時代になる」というのがある。政治家がそんなことを言うのだから、ほんとかなあと思いがちだが、今の政治家の言うことは、事実と正反対であると受け止めた方が身のためや。

ＩＴとはご存じのように、インフォメーション・テクノロジーの略であります。森首相がさんざんもてはやしておったなあ。あの人が言うとＩＴの時代なんて永久に来ないような気がするんやけどな。

僕に言わせれば、ＩＴの実態は、お寒い限りやと思うで。パソコンのソフトにしたってものすごくいいというほどのものはないし、ハードは値段が馬鹿高い上に、機能だってとびぬけて素晴らしいものはない。

文章書くだけやったら、ワープロで十分だったはずや。インターネットは検索が便利としても、専門的に使う場合、結局は原典に頼らなければならないし、せいぜいチャットとエロサイト訪問ぐらいが関の山やろう。

そんなものに一日何時間も付き合うなんて、人生の大いなる無駄やと思うで。ＩＴ革命なぞというものは、ソフトや関連機器の売込みを図るための壮大な茶番に過ぎないと僕は思う。政治家もいいかげんなことは言わんで欲しいもんや。

あと一つ政治家に関して言いたいのは、政治家の「老害」がひどすぎるということや。早う議員を辞めて欲しいやつに限って、いつまでもダラダラと居座り続けるものやから困るんや。

はっきり言って、老人は人の意見を聞かん。自分の意に沿う話には耳を貸すが、もう何度も聞いて自分としては解決済みと考えている問題に関しては一切の興味を示さん。それだけ感受性がなくなっている証拠だとも言えるわけで、そもそもそんな人間に思い切った政策など期待できるわけがないやろ。これからは老政治家の全員には隠居してもらって、若者がこの日本の政治を動かしていかなければならんのやで。

ところで、そうした国政などの表舞台に出たことが多い人間ほど、表舞台から姿を消すことに無念さを感じるものなんや。政治家、官僚いずれもそうや。権力というものはそれほどまで人間を魅了するいうことなんやろな。

日本において実際に政治を行なっているのは政治家ではなく、官僚です。これは官僚自身が言ってることやから、まちがいない。

だから、政治をドラマにたとえると、脚本・演出が官僚で、出演が政治家や。スポンサーは誰やと思いますか。大企業やて？　あんた、わしがさっきから言っとるやろ、自分の頭で考えなあかんと。スポンサーは国民や。

官僚や政治家たちは、あんたも含めた国民全員の税金を食いもんにしとるんや。もちろん大企業は間にからむけれども、最終的に財政的負担を強いられるのは国民なんや。あんたも怒らなダメなんやで。

日本の自然科学系の学生に優秀なのが多いのはものづくり大国、ハイテク大国、日本にとって大変頼もしいとは思う。しかしな、これからの日本でどうしても必要になってくるのは、社会科学系の優秀な人材や。

日本の社会科学の水準は欧米に比べればほとんどゼロといっていいくらいなんや。だから官僚が幅を利かしてしまう。それは日本の政治学者を見てみればすぐにわかることやろ。

日本の政治学者の言うことは選挙の予想と、政界の裏話、政党間の駆け引きとか、政局の見所といった、国民にとってどうでもいい話ばかりなのや。マスコミはそれを面白おかしく取り上げるだけ。要するに提灯持ちなんや。

国民はいい加減、もうそんな天気予報みたいな、あるいは芸能ゴシップみたいな話など聞きたくもないんや。「日本の政治はこれからどうなるか」ではなく、

「日本の政治をこれからどうすべきか」ということが一番知りたいんや。

　要するに政治とは、あくまでもそれに関わるものの主体性が問われてくるものなんやな。そして政治学者の任務というのは、国民が進むべき道を指し示すガイド役にならなければならん。そのあたりを指し示す責任があるのです。ですから、日本の将来を本当に考えてくれるそんな社会科学者がどうしても必要なんや。

　あとは行動する人間や。明治維新を成し遂げた志士たちを見習ってほしいんや。明治維新の際、日本の国を動かしていた人たちに共通するのはそのおどろくべき若さや。維新前に亡くなった人では、薩長連合を成立させ、大政奉還という超ウルトラD級のワザを見せた坂本竜馬が三十三歳で暗殺されとる。

　さらに、松下村塾を開き、維新の精神に多大な影響を与えた吉田松陰は三十歳で処刑されとる。その松下村塾で学び、長州藩を倒幕に向けて一つにまとめた高杉晋作はなんと二十九歳で病死しとる。

大政奉還が行なわれた年に維新の志士たちはいくつだったのか。

江戸城無血接収時の幕府代表・勝海舟が四十五歳、新政府代表・西郷隆盛（薩摩藩）が四十一歳や。同じく薩摩藩出身で明治政権の強化に尽力した大久保利通が三十八歳。将軍慶喜に大政奉還をせまった土佐藩の後藤象二郎が三十歳という若さ。

一方、吉田松陰の育てた長州藩の若者たちを見ていくと、吉田松陰の門人で、薩摩と連合して討幕運動を展開した木戸孝允が三十五歳。松下村塾組では井上馨が三十三歳、日本国初代首相の伊藤博文にいたってはなんとまだ二十七歳。

しかも、これらはいずれも数え年やから満年齢で言うと、これより一～二歳若くなる。その上、大政奉還につながる攘夷運動は一八五九年から始まるので、これら維新の志士たちが活動し始めたのはさらに十年程さかのぼるから、みんな二十そこそこから国政に関わっていたということになる。あな恐ろしや。

しかも、これらの若者はみながみなエリートというわけではないんやぞ。伊藤博文は下級武士の出だし、坂本竜馬は郷士でしかも脱藩者や。要するに能力と度胸があればこれだけの大事業ができるということなんや。

若さには後先を考えない一途さがあり、純情さがある。それがマイナスに働くこともあるのは認めよう。しかし、今のような日本の閉塞状況においては、そんな問答無用の一途さに、一瞬だけでいいからすがりたいと思うのは僕だけやないはずや。

今の若者はまぎれもなく維新を起こした日本人の子孫たちや。彼らが立ち上がれば必ずできると思うで。今の若い人たちにはそんな大それたことを遂行する能力はないと言うのは観念論に毒された言い分や。何事もやってみなければわからんやろ。さあ、若者諸君。男は度胸、女も度胸や、若いときは一度きりしかない。一発どでかいことやったらんかい！

# ◉第三章 銭へ

▲サラ金被害者を前に熱く語る青木氏。

# 時間と金は有意義に使わなあかんぞ

僕は今、入院しています。病気になり、健康を害している身になっても相変わらず銭は大事かと聞いてくる人がおります。当たり前やないか！　銭を儲けたからこうやって個室に入れとるし、ちやほやしてもらえとるんや。だから、銭は僕にとって終生大事なものなんや。

人間はまず、着ること、住むこと、食べることをしっかりとさせてから、しかる後に芸術・文化その他もろもろの人間的な活動ができるとマルクスは言っております。しかし、これらの条件を充たすためには、間違いなく銭の力が必要なんやで。

貧乏は決して恥ではないが、あまりの貧困は罪悪であるというのはそういうことです。ところが、衣、食、住が十分足りていても、銭もそれなりに持ってはいても、何となく「貧しさ」がただよう国なんやなあ、日本という国は。一体、何が足らんのやろう。

敗戦で何もかもなくした日本は、無一文の状態から少しずつ銭を貯めて這い上がっていった。一九六八年度、ＧＮＰ（国民総生産）で当時の西ドイツを抜いて、アメリカに次ぐ世界第二位の経済大国になっていた。それからもさらに経済成長は続き、国民の所得は上昇していったわけであります。

しかし、昭和五十年代、六十年代と時代を経るにつれ、国民の所得が上がっていったのですが、一部の人たちを除いては、以前ほどの喜びは感じられなくなったのではないやろか。

で、そうこうするうちにバブルは弾けてしまい、一般の国民にとっては何となく中途半端な気持ちのまま現在にいたっているのやないか。

なぜって、「世界第二の経済大国」やったら、みんながもっとリッチな生活していてもよさそうなもんやろ。にもかかわらず、「金がない、金がない」「金が欲しい、金が欲しい」と言うてる人ばっかりや。本当に怖いのは、やはり精神の貧困なんや。

例えば今、あなたは百万円の貯金を持っています。この貯金が千円や二千円増えたところで、今のうれしさとほとんど変わらんでしょ。でもこの百万円が、十万円増えた時に、初めて「ものすごくうれしい」と思ったとしましょう。

しばらくたって、今度はあんたの貯金が三百万円になっていたとしよう。これからまたお金を貯めていくとき、さっきと同じように「増えた!」という満足感を得るためには、十万円ではなく三十万円増やさないといけないということになるんやで。

これは要するに、持ってる金が多くなればなるほど、増える割合も同時に上がっていかなければ、増えた実感がわかないということなんや。

もちろん個人差もあるし、物価、税金等の諸条件にも左右されるだろうが、貯金が増えれば増えるほど、以前と同じ喜びを味わうためには以前よりももっと余計にお金を増やさなければならんということは覚えておいた方がええ。

これは特にお金儲けで汲々としている人には当てはまる法則やと思うで。もちろん小さくても確実なお金の増え方で十分満足している人は、それで正しい。ある程度の資産ができたら、もっと別の、心の豊かさにつながることに生きがいを見つけるのが一番いいことやと僕は思う。

今までの日本は高度経済成長の中、物質的な豊かさばかり追い求めてきた結果、心の豊かさをすっかり取り残してきたのであります。

考えてみれば、昭和三十年代後半から四十年代前半にかけてが、貧しいながらも一番日本が生き生きしてた頃とちゃうやろか。僕かて当時は金がないとはいいながら、定食屋でご飯と味噌汁、それにおからとひじきの煮つけと漬け物だけのメシでも十分満足できたもんな。

その点、今の若者は物質的には十分恵まれている。「そんなことはない」というのは、昔の日本を知らんやつや。今の方が物質的には圧倒的に上や。衣も食も住も話にならんぐらい上なんやということから出発せんといかんのや。

ところが心の中は圧倒的に今の方が貧しい。本当にかわいそうなくらいや。だから、今の若者は、昔のドラマとか、映画とかをまったく新鮮な気持ちで見られるし、感動もする。それは僕らの世代が普通に体験していたことを、彼らはまったく体験していないからや。

例えば、子供が遊ぶときには必ず一番上にガキ大将というのが出てきて、子分の面倒をきちんと見るとか、昔の男の子と女の子は手をつなぐのも恥ずかしがり、一緒に歩ければそれで幸せになるとか、そうしたほんの些細なことが今の若者には新鮮に映るし、またそれに感動するのだという。僕らにとって当たり前のことが、今や当たり前でなくなっておる。

なぜかというと、大人たちが銭儲け一辺倒でやってきた結果、心の教育というものを完全に破壊してしまったからや。「今の若者は他人を思いやる気持ちがない」「自分のことばかり考えている」「情緒的に不安定、もしくは感情の起伏に乏しい」などと言われているのは、そういう経験がまったくなかったんやから当然なんや。

そういう経験は学校などでは教育でけんし、ましてやお金などでは解決できません。それだけ貴重な経験なんや。

こうした心の豊かさが、お金で買えない数少ないもののうちの一つだということを忘れてはならんで。

少し退屈かも知れんが、知っておいて欲しいことなので、ここで一つ「貨幣」とは何か、ということを話しておこう。

お金というものが発生したそもそもの理由は、物と物とを直接交換するよりも、物と物との間に貨幣を媒介させる間接交換とすることによって、交換を容易にするためや。自分が持っている米と相手の持っている豆腐を交換したとする。相手は時間を置いてからも、その米をまた別のものに交換できるが、自分が持っているのは豆腐である以上、すぐに食べなければいたんでしまう。したがって、保存が利き、それと同時に誰もが納得できる媒介手段でなければならない。

ただ、その媒介物が信用の置けるものである必要は当然あって、昔は貝殻とか米・麦などの穀物、家畜なども「貨幣」として使われてきたという。

「おまえんとこの娘はえらい別嬪やなあ。うちとこの息子の嫁にくれんか。羊二十頭でどや?」みたいな感じやろうか。

しかし、人と人とのつながりが世界に広がるにつれて、右のような「貨幣」はもっと簡便で、どんな環境においても、どんな人の手に渡ろうとも、その性質を変えない、もしくは変えにくい物質に取って代わられていったんや。それは金や銀を始めとする金属の貨幣やった。

金や銀などの貴金属は、展性に優れて細工がしやすく、華美であり、なおかつ酸などの薬品類にも強い。まさに交換手段としてうってつけの素材や。このように、誰が見ても納得のいく、基準を示す金属貨幣が生まれた結果、これ以降はすべて金による商品の価値表現がその商品の価格をあらわすことになったんや。

さて、マルクスは貨幣について次のように言うております

「商品の価格または貨幣形態は、その価値形態一般と同じく、手でつかみうるような、その実在形態とは違った、したがって理念的または観念化された形態に過ぎない。鉄、亜麻布、小麦等々の価値は、見ることはできないが、これらの物そ

のものの中に存在している。それはこれらの物の金との等一性によって、すなわち、金に対するいわばその頭脳の中に棲んでいる連結によって表示される」（岩波版・向坂訳『資本論　第一巻』第一篇・第3章）

つまり、商品としての鉄や亜麻布や小麦には、その中に価値が必ず存在しているが、貨幣には観念論的な意味合いしかない。単なる金属という実体以外のほかはないということや。

商品が単なる物である場合は別に問題はないのやが、労働力の価値も他のすべての商品の価値と同等やから、労働力も貨幣形態をとることになる。要するに、「人間」の商品化や。

例えばある芸能プロダクションが一人の新人女性歌手A子と契約したとしましょう。プロダクションの社長にとって、A子には多くファンがつき、コンサートホールを満員にさせ、CDが売れ、さらには映画出演の話もくるといったように売れてくれさえすればいいのや。

社長にとってはA子が本来どんな性格の子であるかさえ、知る必要はない。どんな男と付き合っていようが、芸能ニュース沙汰になって人気が落ち込まなければ、何をしたっていい。極端な話、歌や演技が下手でも構わないし、美人じゃなくたっていい。とにかく金になりさえすればいいのや。

しかもA子は自分が物のように扱われることに対して、異議申し立ては一切でけん。なぜなら、文句を言った時点で首が飛ぶからや。美空ひばりの代わりは絶対におらんが、A子の代わりは、それこそ掃いて捨てるほどいるんやからな。

かように、自分自身の生産手段を持たず、生活をするためには自分の労働力を売るほかはない賃金労働者、すなわちプロレタリアートというものは、労働すればするほど、惨めな思いになっていく場合が多い。これは人間が人間でなくなっていく過程でもあるんや。

当然サラリーマンやＯＬはもちろん、公務員もみんなプロレタリアートでありますゝ。お金を儲けようとすればするほど、労働強化につながることはご承知のとおりや。

残業したって、不景気の昨今ではサービス残業になるのがふつうやな。残業代が出たとしても、ストレス解消のために、サラリーマンにとっての命の水、お酒で憂さを晴らすことになるでしょう。ＯＬなら、ショッピングとか旅行とかでストレスを発散せないかんわけです。ということは、稼げば稼ぐほど、余計に金を使うことになるわけですな。

中途半端にお金を稼いでも、稼げば稼ぐほどお金は出て行くようになっておる。それほど資本主義という体制はありとあらゆる商品を用意しているということなんや。

今は賃金のベースアップは厳しい状況やけど、たとえアップがあったとしても、子供に「遊園地に連れてって」とせがまれれば、車を飛ばして行くことになるでしょう。行ったら行ったで、みやげやらなんやら買わなならんやろ。結局はそこでまたせっかく「与えられたお金」を回収されてしまうわけや。

忘れてならないのは、お金自身に価値があるのではなく、お金を「真に価値のあるもの」と交換することが大事だということ。お金というものは、使うことによってのみ効用が生み出されるということや。

そこのところをきちんと考えないと、「お金さえ手に入れられれば、後はどうなっても構わん」と思うようになる。実体が伴わなくても、満足してしまう体質になる。ひいては妄想を信じるもととなるから気ィつけたほうがええぞ。

これは巨人ファンが試合を見んでも、スポーツ新聞を読んで「巨1―0神」という「記号」を見て喜ぶのと同じことや。スポーツというものはやっぱり自分でやるのが一番おもろいし意味があるけれども、そうでなければせめてテレビなりスタジアムなりでライブ観戦するのが筋というもんや。それを紙に印刷された「巨1—0神」という記号を見てニヤついているのはどう考えてもおかしいで。こんなスポーツの楽しみ方をしとるんは日本のサラリーマンくらいやないのか。

これが昂じると、ものの本質ではなく、記号化されたものを愛するということになる。さらには人間疎外につながるんや。人間のいる社会ではあるが、お互いがお金の力によってバラバラになってしまっている状態や。

記号化されたものを愛するというのは、結局フェティシズムや。例えば健康な男性ならば、女性に興味を持つのは当たり前や。相手の精神も肉体も好きになる。いわゆる「身も心も」っちゅうやつや。まあ、男の場合は肉体が先かも知れんが。

ところが、中にはけったいな男もおって、女自身よりも、女の履いている靴とかパンティーストッキングとか、直接本人とは関係ない、周辺のもんが好きになるやつがおるんや。

これははっきり言って怖いで。お金を偏愛するということは、これにやや近いぐらいのものやと思っててええやろう。どや、ちょっとへこんだか？　やっぱり愛すべきものはお金やなくて物、靴やなくて女や。

マルクスによれば、人間疎外が起こる原因は、資本主義社会においては市場経済が行なわれているために、その中で生きている人々にとって、人間と人間との関係が物と物との関係に見えてくるようになるからだというんや。われわれが商店で買うものには一つ一つに値段がつけられているけど、われわれはその値段を見て、一見商品の中の価値がそのまま価格として現われているような気になっている。ところが、それがもうすでに物に支配されている姿なんや。

物に内在している商品価値だとか商品の価格だとかはもともとは錯覚であって、実は経済活動というのはもとをたどれば人と人との関係という健全なものだというんやな。ところがやがて人間は自分の生産したものによって押しつぶされていく。例えば、ブランド品を所有している者がある種のステータスを持つなどというように、物が人間の上に君臨するようになるわけや。所有物が人の値打ちまで決めてしまう。物の値段というのはそういう使われ方もするということや。

しかしよくよく考えてみれば、物の値段など、あってないようなもんや。それをはっきりと思い知らしてくれたのが、今のデフレ不況というわけや。物の値段がこんなに安くなるなんて思ってもみなかった人は多いのやないか。百円ショップに行けばたいていの生活用品は手に入るしな。

でも、考えようによっては、今のデフレはまだデフレやないで。そもそも今まで物の値段が高すぎたんや。それはバブル期の土地の値段が信じられんほどの値になったことを思い出せばいい。あれを見れば、土地の値段などあってないようなものだとわかるはずや。要は、値段に見合った魅力がその商品にあるかどうかが決め手ということになるんやで。

今までは国民がおとなしいと思って、高い値段をつけすぎとった。それで今、中国を始めとしていろんな国から安い商品がドンドコ入ってきて、国内の企業が値下げをせざるをえん状況になっとるわけや。

資本主義体制においては、「銭が銭を産む」というのが前提であることを決して忘れたらあかん。資本の運動とは、常にお金がお金を産み続けることなんや。そうでなければ、銀行などというものが存在できるはずあらへんやろ。彼らの仕事は、お金を右から左に動かすだけのことなのやから。

そして、このお金の移動だけで金をもうけることを大がかりに行なっているのが現在のアメリカなんや。金融商品という物の裏づけがまったくないものが平気で大量に売買され、デイトレーダーと呼ばれる、株を「午前中に買って午後に売る」個人投資家がいる世界というのは異常としか僕には思えないんや。

そもそもお金って手段やろ。お金を使って何をするのかということやないんか。

決して目的ではないはずや。それから、為替の投機をやっているやつもそうや。円をドルにしたり、ドルを円にするだけで金が稼げるということ自体、果たして経済活動と言っていいのかどうか。両方とも、所詮ただの紙切れやんか。

さて、本来は何の合理的裏づけもない貨幣のことですから、とにかく信用をつけることが一番大切なのであります。万有引力の法則や微積分の発見で有名な偉大な科学者アイザック・ニュートンは一六九六年、大学と兼任のままで造幣局の監事になった。

一六九四年はイングランド銀行が設立され、初の銀行券が発行された年やが、当時はイギリスの貨幣が一般にあまり信用がなかったため、彼のような世界的科学者を中心に据えれば、貨幣の信用回復につながるだろうと思われたようやな。

そして実際ニュートンはこの造幣局での仕事も実に誠実にこなしていくんや。当時横行していた偽札づくりの容疑者が逮捕されたときも、ニュートンがじきじきに取り調べ、絞首刑行きにしたいうんやからすごい。

また、自分で望遠鏡や実験道具をつくったりするぐらい手先が器用だったので、お札のデザインもお手の物だったらしい。さらに一七一二年には、金と銀の交換比率を一対一五・二一に定めたりと、八面六臂の活躍やな。普通学者というたら、実業には疎いという印象があるけど、ニュートンは俗世間の事情にも通じてたらしいな。

信用通貨である紙幣が導入されてからはますますお金の記号化が進んでいく。そもそも、ただの紙切れを信用するということ自体、かなり思い切ったことなわけで、しかも、金の裏づけもないとなれば、それこそ国の信用だけがたよりというう、よく考えたら気休めにもならないほどの幻影にほかならん。

ほんなら、問題の紙幣自体の原価は何ぼくらいなんでありましょうか。銀行券については日銀が発行権を持ち、財務省が流通権を持つという、ややこしい仕組みになっとるんやが、銀行券の印刷自体は財務省の印刷局が行なっている。印刷局から日銀への売り渡し価格は、一万円札が二二・二円、五千円札が二〇・七円、二千円札が一六・二円、千円札が一四・五円なんやそうや。これらは当然一枚あたりの値段で、原紙代、印刷代、人件費から成り立っておる。

さっきのニュートンの話やないけど、紙幣が信用されるには、やっぱりデザインとか質とかが関係してくると思われる。ちょっと財布を開いて確認してみい。

一万円札は福沢諭吉とキジ、五千円札が新渡戸稲造と富士山、二千円札が首里城と源氏物語絵巻、千円札が夏目漱石と鶴になっとるが、二千円札はとんとお目にかからんなあ。みなさんはどうや。多分、あんまり見たことないやろ。手に入ってもすぐ別の札に交換してしまうんやないか。

大体日本人というのは八以外の偶数は嫌ういうのもあるし、自動販売機で使えんいうのが痛いわな。でも、僕は二千円札のデザイン自体が悪すぎるのが敬遠される一番の原因やと思う。一つ一つの図柄はいいんやけど、その配合が悪いんや。表が首里城の守礼門なのはいいとして、裏に来るのが何で源氏物語絵巻第三十八帖「鈴虫」になるんや。すわりが悪すぎる。

第一、絵巻の横に配された紫式部の像は小さいし、ちっとも魅力的でない。それどころか、これでは絵が怪しげに見えて、「光源氏が女を手ごめにしようとして、誰かと相談している図」と勘違いされても仕方ないで。元をただせばポルノなんやから。

たかがお札とはいえ、そもそもお札というもんは「生臭い」ものや。それだけにかえって使う者に夢を持たせるようなデザインにせなあかんのです。

いろいろと銭にまつわる話の中で、銭の悪口みたいなものを散々してきたが、銭は大切なものであることだけはまちがないし、貯めるべきやと思う。

でも、確かに銭が貯まるのはうれしいが、もう僕は別にお金についてはこれ以上欲しくはなくなった。それよりも今は時間と若さが欲しいと感じるようになってきた。

最後にこれだけは言っておくで。金は貯めるために存在するんやないで。時間を有意義に使うために金はあるんやで。

そう、金は使うために存在するのや。死んでしまったら使えんのやからな。それが僕の今の偽らざる実感や。

# ◉第四章
# マルクスへ

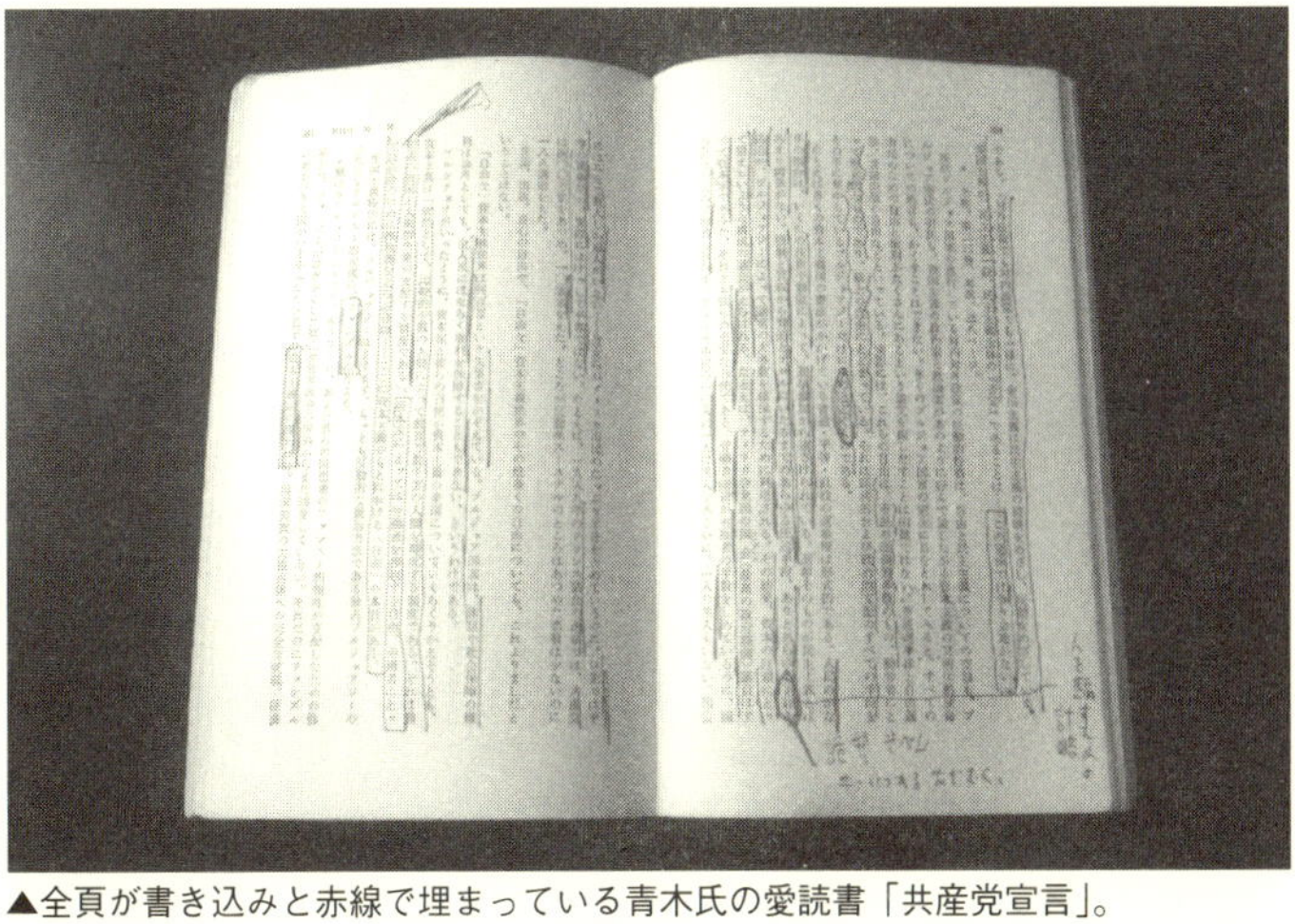

▲全頁が書き込みと赤線で埋まっている青木氏の愛読書「共産党宣言」。

# マルクスの復活はこの日本から始まるんや

僕が唯物論について深く考えるようになったのは、マルクスを読み出してからであります。マルクスの著作を通して、観念論よりも、唯物論の方が物の道理をうまく説明することができると感じたのです。それからはどんなものに対しても唯物論的な考え方をあてはめ、以来、大半の問題に対して、明快で的確な解答を得ることができるようになりました。そして、この唯物論の有効性を知れば知るほど、ますますマルクスに没頭していったのです。

一方、日本国内でマルクスという言葉が以前ほど聞かれなくなったのも事実であります。本当にマルクスの思想は不必要になってしまったのでしょうか。

米ソの二大勢力が世界を分割し、一時は第三次世界大戦の危機に直面したこともありましたが、次第に資本主義陣営の経済的優位が明らかになるにつれて、社会主義陣営はその存在基盤が揺らいでいきました。

　しかし、ほとんどの有識者たちはソ連がそんなに簡単に体制の転換をするとは考えていなかった。実際、ゴルバチョフがグラスノスチ（ロシア語で「情報公開」のこと）やペレストロイカ（ロシア語で「再構築」のこと、英語で言えばリストラクション、いわゆるリストラです）を唱え、一九九〇年三月にソ連の初代大統領になった時でさえ、僕の知っているロシア研究者は向こう五十年間、ソ連は社会主義体制のままだろうと予想しておった。

　ところが八九年十月にベルリンの壁が市民の手によって実質上壊され、翌九〇年に東西ドイツが統一するや否や、ソ連国内にも動揺が広がっていきます。翌九一年にはソビエト連邦も簡単に崩壊するに至り、あっさりと東西冷戦に終止符が打たれました。社会主義は完膚なきまでに叩かれ、今や社会主義を標榜する国家は中国、キューバ、北朝鮮等の国々だけとなってしまったのであります。

その中国にしても、七八年に開放政策を決定し、鄧小平の号令の下、八十年代初頭には経済特区の設置による部分的な市場経済の導入を行なっています。したがって、中国が社会主義国家などとはまやかしであり、一部は資本主義、他は社会主義、そのくせ、共産党独裁による全体主義プラス軍事国家という全くわけのわからない、何ともいえない不気味さを持った国と言えるでしょう。いずれにせよ、中国共産党はとうの昔にマルクスを捨てて、市場経済に賭けたんですな。

このように共産圏の国々が、次々とマルクス主義の旗印を降ろしてしまっている事態は、マルクスの理論がもはや現実に対応できないような印象を与えますが、決してそんなことはありません。僕はマルクスの理論が人類にとってまだまだ必要なものである、いや、永遠に不滅やと思う。

マルクスは人類が今日までたどってきた生産様式を五つの基本的な型に分類し

ました。原始共産制、奴隷制、封建制、資本主義、社会主義である。高度に発展した資本主義社会においては資本の論理によって社会が動く、つまりそこでは人間の意思など全く通じず、資本の回転により物事が動いていく。それによって人間がどんどん疎外されていく。こうした社会の矛盾を断ち切り、人類の救済を目指すのが共産主義社会であるとマルクスは位置づけた。

ところで、ソ連や中国の社会主義というのは、このマルクスの史的唯物論（マルクス主義的な歴史観）にのっとって形成されていく社会主義とは生まれ方が違っているところに注意せなあかん。

ソ連や中国の社会主義というのはマルクスが規定した生産様式の発展段階のうち、資本主義をすっ飛ばしているという点では本来の意味での社会主義ではなかったのです。ですから、その点を強調して言うならば、いまだに「真の意味の」社会主義国家は存在していないというのが正しいことのように僕には思われるのです。

逆に言うと、高度資本主義国家群の中から社会主義体制が生まれる前にソ連と中国という国が誕生した。その結果、この二大「社会主義国家」がその後の社会主義運動の方向を決めてしまうことになってしまったと言っても、必ずしも言い過ぎではないんや。

さらに言えば、社会主義を標榜しているからといって、その体制がマルクスのいう意味での社会主義体制であると言えるかという問題もあるのです。

「ソビエト社会主義共和国連邦」のように、国名に「社会主義」が使われているからといって、名は体を表わすとは限らんのや。ヒトラーが率いた政党はナチスですが、この正式名称は「国家社会主義ドイツ労働者党」という。見るからに社会主義を標榜している党のような印象を受けますが、事実はまったく違うんや。ナチスはユダヤ人を迫害したのはもちろんですが、共産主義者も徹底的に弾圧した。要は、ヒトラーが独裁国家を目指していただけなんや。この点において、ナチスが社会主義を標榜するのには無理があったということや。

翻って、「ソ連」という国名についても「ナチス」と同様のことが言えるのではないでしょうか。先ほども言ったように、ソ連の誕生は中国と同様、マルクスの史的唯物論から見れば例外的な存在や。ロシア皇帝を頂点とする農奴制からいきなり社会主義体制に変わりました。ロシアの歴史はやや、日本の歴史と似たところがあって、外部の文明や文化を外から上手に取り入れることによって大改革を行なってきた経緯があった。

例えばピョートル大帝の改革がその初めと言えるでしょう。ネヴァ川の河口にペテルブルグと呼ばれる首都をつくり、フランスのベルサイユ宮殿を真似てピョートル宮殿をつくったり、科学アカデミーをつくって西欧の学者を招いたりと、西ヨーロッパの制度や文化を積極的に取り入れ、後のロシアの礎をつくった。

その総仕上げをしたのが、女帝エカチェリーナである。豪華絢爛たるエルミタージュ宮殿を造り、そこに世界中のありとあらゆる宝石・美術品・工芸品を詰め込んだんや。

二度目の改革は言うまでもなくレーニン率いるボルシェビキ党の指導によるロシア革命や。僕が思うにレーニンは少し頭が切れすぎたんじゃなかろうかと思う。ロシアというのはどうもヨーロッパかぶれというか、自分たちはヨーロッパの田舎者という意識があるのか、ヨーロッパの最先端の理論を取り入れたがる傾向があるようや。

もちろん、どこの国にも「民族派」や「愛国者」は当然いる。ドストエフスキーも傾向的にはそうですし、ソルジェニーツィンもそうでしょう。そしてそれら民族派の人々の支えになっているのは、何と言っても宗教や。東方正教会を中心とするキリスト教がロシアの土着の文化と結びついて、何とも言えない重厚さを持ったロシア派の文化・思想的土台をつくりあげている。ドストエフスキーの作品もやはりロシア的なもの、あるいは宗教と人間の真実の姿とが密接に結びついて成り立っておる。

一方で、ロシアには伝統的に「西洋派」というものが存在しました。これは主にロシア貴族に好まれた思想と言える。とにかくフランス好き。後にはドイツ好きも入ってきますが、どちらかというとレーニンはこの「西洋派」だったと言えるでしょう。その頃のヨーロッパ思想の前衛はもちろんマルクスの思想である。レーニンはマルクスに出会うなり真っ先にその思想を取り入れます。

そしてレーニンは既存の宗教を打破して、「マルクス主義」を新たなる「宗教」に仕立てあげ、国民に『資本論』という「バイブル」を使って説教をし始めた。

僕が思うに、レーニンはロシア皇帝を引きずり倒すためにマルクスの理論を利用したのに過ぎず、他に適当なものがあれば何でもよかったんじゃないかと思う。

例えばロシアの隣にアメリカがあったとすれば、レーニンはすぐにアメリカの大統領制を自分のところに持ってきて、資本主義体制で進んでいった可能性もあると思う。

実際、ゴルバチョフは大統領制を選択しましたし、その後すぐにエリツィンらが呼応してあっという間に改革が進んでいったではありませんか。ゴルバチョフがアメリカを訪れ、レーガン大統領にいろいろとアメリカの現状について逐一説明を受ける間に、「これはもうソ連は到底アメリカにはかなわない」と感じたのでしょう。

ソ連も中国も社会主義国家としての出自について、史的唯物論から例外的な存在であることが気になるのか、レーニン、毛沢東ともにいろいろと言い訳がましいことを言っているが、結局は一党独裁、全体主義である時点で、マルクスのいう社会主義でないことは明らかなんや。

とにかくソ連は、スターリンが出てきた時点でもはや社会主義の理想などというものとは無縁となり、独裁体制、全体主義体制に成り下がって行った。ソ連の偉大な作曲家であるショスタコービッチが、ソ連社会の内幕を証言した本にも書いてあるとおり、ソ連邦の人々はみな、最初は共産主義というものに明るい希望を持っていた。人民が主導の新しい国家を建設しようという意気に燃えていたんや。

しかし、レーニンが亡くなり、権力闘争でトロツキーを国外に追い出したスターリンは徹底的な恐怖政治を敷くことになる。こうしたスターリンの攻撃性をヒトラーにひどい目にあったせいにする学者もいるようですが、彼が独裁者であったことには変わりありません。自分を追い落とすものがいないかどうか、不安でたまらなかったのでしょう。

芸術家は言うに及ばず、ありとあらゆる職業の人間は全て当局の監視下に置かれ、自由な発言など許されない状況に置かれていった。昨日まで親しくしていた元帥がいきなり秘密警察に連行され、銃殺されてしまう。そういう場面を目の当たりにしてきたショスタコービッチは、「今まで自分が生き長らえてきたのは奇跡」とさえ言っておる。事実、収容所に入れられたソルジェニーツィンも、数千万の人々が粛清で殺されたと言っている。今はロシアも自由が保障されていてそのような状況ではないわけですが、その独裁体制の残忍さが今も完全な形で残っているのが北朝鮮というわけである。

僕が言いたいのは、瓶に貼ってあるレッテルと実際に入っている中身とが全然違うということなんや。レッテルは「マルクス社製社会主義」中身は「一党独裁・全体主義」というわけです。こんな体制が崩壊したからといって、「マルクスは死んだ」などと言うのはチャンチャラおかしいと思わんか。

今こそなぜ、ソビエト連邦が崩壊してしまったのかを検証し、どのような形でマルクスの理論を発展させていくべきか、その方向を探ることが日本の社会科学を進歩させるためにも必要なことなんやないやろうか。

　文豪、夏目漱石は資本論を最初に読んだ日本人の一人である。彼が英国留学中に義父に送った手紙の中に次のような文がある。

「……欧洲今日文明の失敗は明らかに貧富の懸隔甚しきに基因致候（中略）カールマークスの所論の如きは單に純粋の理窟としても缺點有之べくとは存候へども今日の世界に此説の出づるは當然の事と存候……」

　漱石全集所載の蔵書一覧表を見てみると、マルクスの英訳版『資本論』の第一巻が見えますから、漱石は英国留学時代に第一巻を読んでいたのでしょう。彼自身としてはマルクスの理論に欠点を見出していたようですが、そこは文学者としての直感でマルクスの学説は出るべくして出たと肯定的に評価していると考えていい。明治期から日本にはマルクスを受容する素地があったんや。

一昔前までは日本の大学の経済学部といえば、近代経済学とともに、マルクス経済学が幅を利かせていた。特に日本のマルクス経済学の研究は世界トップクラスです。世界中から収集したマルクス関係の文献の量も恐らく世界最高レベルでしょう。ただ、「マルクス読みのマルクス知らず」という学者も多く、玉石混交だったのも否めないところだ。

しかし、近代経済学でもマルクスを計量的に研究している学者もいます。数理経済学によってマルクスの経済理論を分析し、ノーベル経済学賞をささやかれたこともある世界的に著名な経済学者、森嶋通夫教授もそんな学者の一人である。

とにかく日本には昔から、旧共産圏の国々に負けないぐらい、マルクスをまじめに、学問的に研究しようという学者が多かった事は事実であります。それは多分、日本が宗教はおろか、無宗教についても寛容であることや、平等主義というものが確立されていることと無縁ではないのかもしれん。だからこそ、今の日本の状況においてはマルクスの理論が必要であるような気がするのや。

　僕は、本来日本社会はマルクスの理論を受け入れやすい土壌を持っているように感じる。ただ、社会主義、共産主義というと旧ソ連共産党の教条主義的なイメージがあるため、何となくとっつきにくい印象を日本の国民が持ってしまっている。特に共産国の官僚制というものは融通が利かず、自分たちは絶対に間違っていないという態度がありありとうかがえる。そのため、謙虚な性格を持つ普通の日本人にとっては、共産主義が受け入れがたいものとなっていると思われるんや。日本の官僚制でさえ腐っていると感じている人が、旧ソ連型の社会主義的官僚制に好意を寄せるなどということがあるわけがないんや。特に、ロシアの南下政策やソ連の対日参戦など、歴史的に見て、日本人の対ロシア観はどちらかと言えば余り好ましくないものが多い。

　いずれにしてもこうした官僚主義的イメージを払拭するために、日本共産党も、もう少し国民に対して柔軟な姿勢で望んだ方が支持率アップにつながりますで。

マルクスは「宗教はアヘンだ」として、宗教を徹底的に排除しようとしているように受け取られますが、そんなのは余り気にすることはないんや。マルクス主義自体が「神」を「科学」に置き換えた一種の宗教の役割を果たしているのはもうご存じのとおり。その上、日本はどんな宗教、思想でも基本的にはみんなＯＫなのですから、マルクス主義を入れたからといって他の宗教を排除することを意味せんのや。

さらには日本人は労働は美徳と考えている点にも注目したい。キリスト教文明では労働とは人間に課せられた苦しみであるというふうに捉えられているから、日本人の発想とは全くの逆なわけや。特に、日本人は物を本当に丹精こめて作り上げる。しかも物作りが好きで好きでたまらないという国民性であります。日本人ほど四六時中仕事のことを考えている人間はいないでしょう。それは僕に言わせれば、もう少し異常すぎるぐらいですが。

マルクスは共産主義社会において、労働は遊戯と変わらなくなる、と言っている。このようなマルクスの目指す社会というものは日本人の性格にあっているのとちがうか。

ただし、マルクス主義を日本にうまく根付かせるためには、今までのようにソ連のやり方とか中国のやり方とかを参考にするようでは全然ダメなんや。マルクス主義を換骨奪胎し、日本に本当にふさわしい形で受容することが、マルクスを正しく受け入れる重要なポイントと言えるんや。

僕は「ナニワ金融道」で、現代日本社会における金融業のいかがわしさ、金の論理を描いた。自分の身は自分で守らなければこの資本主義の世の中を渡っていけないということを警告したんや。今の日本は僕が「ナニワ金融道」を描いた当時と変わってないどころか、ますます厳しい状況になってきていることは間違いない。

街金融どころか、ヤミ金融まで堂々と営業して、とてつもなく法外な利息を取っている。しかし、ヤミ金融が存在するのは借りる人間がおるからであり、何で借りる人間がおるかというと、資本主義においては、お金の論理が人間の論理に優先されるからなんや。

今、われわれは混迷の状況に置かれておる。失業率は五％を超え、年間の自殺者は三万人を数えている。高度経済成長の名のもとに「豊かな社会」を目指して日本人はひた走ってきた。明治政府同様、再びアメリカや西ヨーロッパ諸国をお手本に日本流の資本主義・官僚主導の護送船団方式で株式会社日本丸は列島一丸となって再び「経済侵略」という名の戦争に突入していった。

一九八九年、日経平均株価は三万八千円台という高値をつけ、アメリカ経済をもまさに凌駕するほどの勢いを持っていた。一方で僕ら庶民は日本経済が世界一になったという実感はほとんど湧かなかった。ロックフェラーセンターが日本の企業に買収されたというニュースを見ても「ああ、そうかい」ぐらいの感覚しか持てなかったんや。

資本の論理は「金が金を産み続けること」を欲します。銀行はとにかくあり余る預貯金をどんな手を使ってでもいいから運用しようとする。ろくな担保評価もせずにどんどん金を貸しまくり、投資しまくりました。銀行に続いて一般の企業でも余ったお金を投資に回し始めたんや。

ここで注意しなければいけないのは、「あのバブルのときに銀行が無茶な投資をしなければ良かったのに」と考えても意味はないということや。

資本主義の世の中では、金を無駄に寝かせておくのはご法度なんや。資本主義体制のもとではあくまでも人間は歯車の一部、あるいは奴隷にすぎない。

それでは資本主義におけるご主人様とは一体誰なのか。それはお金自身や。お金が主人公なんや。資本家だって厳密な意味では主人公じゃない。

例えば、ある人が一千万円の資産を持っていたとしても、厳密な意味で「持っている」というわけではない。一千万円の資産が、ある人間を「自らの管理者」として雇っている、と言っても論理的に矛盾はありません。実際、その人間が一千万の資産を残して死ねば、その一千万の資産は自身の管理者を変える。ただそれだけのことや。人間はいずれ死にますが、お金は決してこの世からなくなることはないということや。

しかし、欧米や日本など、高度資本主義諸国において、そろそろ一部の人々は気づき始めておる。資本主義がその限界に近づきつつあることを。経済競争の行き着くところは生き地獄であることを。そして、資本というものの真の恐ろしさというのは、金というものが人間同士を殺しあうように仕向けているということを。

資本主義体制は完全に勝者の論理で動いているのであって、勝った者が幸福になり、敗者は不幸になる。仕事のできる人間は、仕事のできない人間よりも豊かで優雅な生活を享受できる。それだからこそ、人間は競争しながら発展してこれたという側面もあるが、それと同時に失ったものも多いんや。

僕は、人間というのは本来怠ける性質のものだと思っている。何か圧力みたいなものがないと、楽な方へ楽な方へと流されていくものだと思う。ですから、適度な競争原理が働いている方が健全な社会が築けると思う。しかし、物には限度というものがある。競争原理は少数の富める者と、多数の貧しいものを必ず生み出すのであります。それが資本主義の恐ろしさや。

資本という怪物がやがて人間の手に負えなくなる事態というものをマルクスは敏感に感じ取っていた。しかし資本というものを考え出したのはやはり人間なのも事実や。そしてこの資本こそが人間の「業」というものを恐ろしいほどに炙り出す役目を持っているんや。

人間には業というものがどうしてもある。それを認めない限り、先へは進めない。その人間の業を少しでも和らげることができないか。それをマルクスは『資本論』その他の著作で示そうとしていたわけなんや。

このまま資本主義体制が持続すれば、どのような運命が待ち受けているのか、この先を見極める想像力を持つことが大切な時代なんや。

この先どうするかは、われわれが主体的に考える問題や。その問いに答えるヒントになるのがマルクスだと僕は言いたいんや。

これから先もお金が大切であることは間違いありませんが、社会の主人公はお金ではなく、やっぱり人間でなければならんのです。お金や物の所有が一時のかりそめのものである以上、人間が完全に勝ち取ることができる所有物は知恵ということになるでしょう。最終的に人間を救済できるのは人類の知恵だけや。

そして、今もなお、その知恵を提供し、なおかつそれを社会のために生かす方法を示してくれているのがマルクスだと思うのであります。

大体マルクスだからといって、難しいものだと思ってはいけません。マルクスの学説を勉強するにはもちろん「資本論」に当たらねばなりませんが、いきなりこの浩瀚な本を読むのは大変や。とりあえず「資本論」は置いといて、マルクスの思想のエッセンスを短い文章の中から少しずつ取り入れる方が賢明ですし、何より面白いでしょう。

その点から言うと僕はマルクスとエンゲルスの「芸術論」を読むことをおすすめする。この本にはマルクスとエンゲルスの著作、書簡、手稿の中から芸術に触れた部分をピックアップして収めてある。彼らの芸術観はもとより、経済、歴史、政治、宗教、社会問題、教育問題等のありとあらゆる人間の活動についての言及があり、彼の簡潔かつユーモアにとんだ表現はわれわれの思考方法にも有効な刺激を与えてくれる。

しかし、いずれにしてもマルクスの思想の真髄に迫るにはやっぱり『資本論』を読むのが一番。マルクスの読みやすい著作で慣れてきた所で是非挑戦してみてください。

僕が思うに間違いなくマルクスは復活してくる。多分、最初は西ヨーロッパで、その動きが出てくるでしょう。だけど、さっきも言ったように、日本で最初に復活しても不思議ではない。

もちろん暴力革命などという形は取りません。非常にゆっくりと少しずつ、社会主義体制への動きが活発になるはずや。僕は多分、エコロジー関係の問題に絡んでマルクス主義の復活が始まるような気がするで。

# ◉第五章
# 人生へ

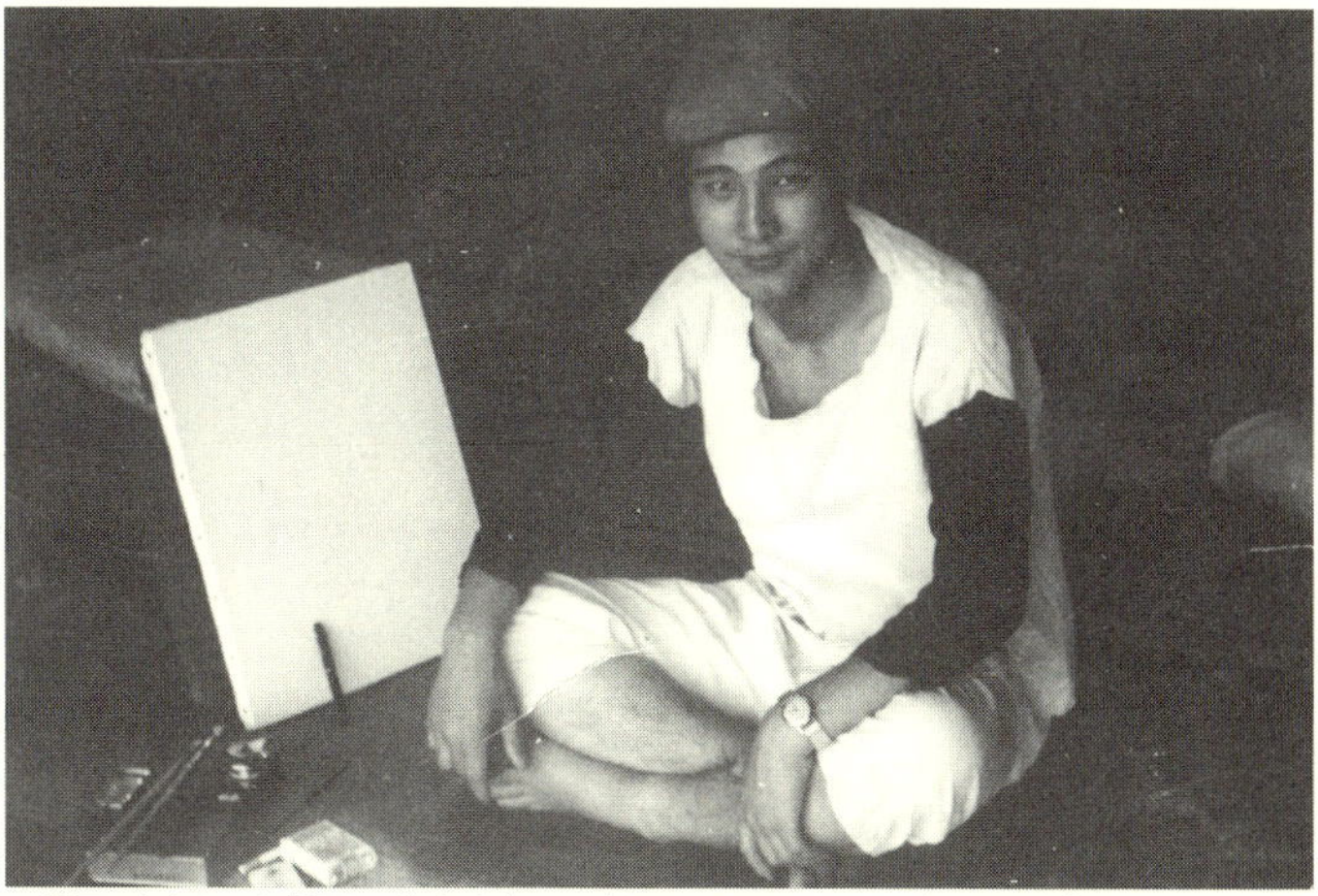

▲版下デザインと漫画。寝食を忘れて漫画に没頭していた版下屋時代。

# 世界で一番贅沢な職業

実はこの章に関しては、あまり言うことがないのや。自分の人生なぞ、自分が一番良く知っているし、そんなことを並べたてたってもたいして面白いとは思えんし。それでも意味があると編集者は言うんやけど、意味なんてあるわけないで。たとえばこれから漫画家、あるいは様々な分野での表現者を目指そうとしている人の参考にとか言われたけれど、ほんま言うたら他人の人生なんか参考になんかなるかい、と僕なら思うけどな。

二十代の半ば、二十六歳くらいやった。その日暮らしの仕事を終えて、アパートの部屋で寝っころがって、考え事してた。これまでいろんなところで言うたり、書いてきたりしたけれど、僕は普通の会社を退職して、公務員にもなったけど、そこもやめて、水商売やら何やら、幾つも幾つもやってたわけや。そんで、自分はこのままこれ続けてたら、どんなおっさんになるんやろて、ふと思ったんや。そしたらなんか、いてても立ってもおれんようなゾっとするような気持ちになった。よく若者が「何をやったらいいかわからない」って言うけど、結局、それは才能の無いヤツが、「才能がない」と認めたくないかわりに「何をやっていいかわからん」と言うわけや。ほんまはやりたいことなんかいくらでもあるがな。でも全部できんかったというだけのことですわ。

しかし僕は「絵なら、ありかもしれんな」と思えたわけですわ。まあ、漫画家になりたいという大それた気持ちまではなかったけれどね。それより土木で図面を引いていたでしょう。だからデザイン系の方向とか、そういうことを考えた。一方で、僕なりに、心の底にたまっていった何かを表したいとも思ってたんやな。

それが自然と漫画という形をとったんだと思う。

たとえば「神はいない」とする唯物論の考えや、就職して、見えてきた社会の矛盾のウラを暴きたいという気持ちを表したい時に、普通の人なら小説とか、ルポルタージュとか、様々な方法をとるわけやけど、僕にとってはそれが漫画だったというだけのこととちがうかな。

曲がりなりにも社会人となって、その中で感じる欺瞞や矛盾に息苦しくなっていたしな。漫画で現状の社会の矛盾点を描いてみようかということだった。もちろん、賞金にもひかれてたけどな。

誰かに漫画の描き方を教わったわけではありません。すべて一からの独学やった。こんなことはあたりまえや。創作というものは、せずにはおけない何かがある人だけやればええのやから。リップサービスで「漫画家になってみたら」ぐらいのことは誰でも言ってくれるけれど、本気にしたらあかんで。簡単にはなれん。

当時は学生運動真っ盛りで、「ガロ」という商業ベースにのらない漫画雑誌があり、僕はそれに載っていた白土三平の「カムイ伝」に代表されるような社会的な、リアリズムあふれる作風を好んでおりましたから、そういったものに対する憧れみたいなものはあった。商業的でなくとも、こういう独特な路線で勝負でけんかな、とかな。それが金になったら儲けもん、くらいの気持ちでしたわ。

どうしてそこまで社会の矛盾にこだわったのかと思われるかもしれん。これは性分としか答えられんね。逆に、そういう欺瞞に平気なやつってごまんとおるやんか。僕にはあれの方が不思議でしようがないけどな。

幸い、描きたいテーマを肉付けするエピソードには事欠かなかったね。労働を自分でもするようになって、あまりにも多くの問題が日常に満ち溢れていることを知るようになるから。僕に言わせれば、社会はネタの宝庫でした。世間知らずと言われればそれまでですが、実は、就職するまで「職業に貴賤なし」「学歴で人間性を問われるわけがない」という高校の教師の言葉を、僕は鵜呑みにしていたのや。その教師は、したがって大学にいかずとも、努力次第でいかなる道も開けている、と言った。これは当時の高卒で就職する組にとっては、格好の良い励ましのセリフだったのかもわかりません。しかし、現実に社会の矛盾に抗う立場に立たされた側としてはたまったものではなかった。「内実は、全然違うやないか」と叫びたくなった。

一番最初に描きあげたのは、「屋台」という作品やった。小学館の「ビッグコミック」を読んでいたら、新人賞の募集かなんかで、応募規定が三十枚だった。三十枚びっしりで描いた。

大手ゼネコンの社員である現場監督と、かつての同僚で、ラーメン屋台を営む男との偶然の再会と、別れを描いたのや。

必死で描いた。日中は肉体労働ですから、家に帰ってから夜の二時、三時ころまで描き、朝になると身支度を整えてまた仕事に出るんや。仕事中もストーリーの細部が気になったり、早く続きが描きたくなったりしたものですわ。

当時は金がなくて余計な遊びが出来なかったけれど、漫画だけに熱中できる自分が不思議でもあり、また創作という行為が「相当に贅沢な作業だなあ」と、初めて実感できた時やった。よく覚えているのは、翌日が休日という時の開放感というのか、「今夜はこのままいつまでも描いていられるんだ」と思うと、どうにも嬉しくてならないという気持ちになった。

その作品、今読むと、拙い印象はぬぐえん。けど、僕はこの中に、当時の僕の考えと能力のすべてをそのまま出し切った。自信はありましたで。しかし結果は佳作。賞金は七万円ですわ。当時月給が四万円だからうれしくないわけはないんやけど、制作にかかった日数の四十日で割ったら少しもおいしいことはない。

漫画家ってキツいなーと気が抜けたというような額でしたわ。いまでもきっとそうやで。おそらく連載作家でも、筆の遅い人を、アシスタントに使っている人は、コンビニの店員よりはるかに安い時給で働いていることは間違いない。「こら、漫画家はアカン」と、僕でさえ、当時相当落ち込んだからな。

この時のことは、後々、表現を生業としていく上で、ブレーキになった。

しかし、できればいまの持てる才能をフルに生かして、這い上がろうと思ったことだけは確かやった。夢のようなことはおいておき、とりあえず自分の頭でモノを考えられるような職場でないと、発展性はないと思った。自分にできることを整理したら、工業高校時代、鉄道会社時代、公務員時代に培った図面を引くという能力と、絵心が多少あるということだけやった。それで、条件的に小さな職場しかなかったが、いくつかデザイン事務所と呼ばれるところを回り始めたんや。するとそのうちの一つが採用を決めてくれた。きっかけは、僕が描いた漫画。佳作になったあの作品を持って臨んだところ、そのデザイン会社とは名ばかりの、町のスーパーのチラシを作るような版下デザインを請け負う会社が、採用を決めてくれたのや。普通、そんなもの面接に持ち込まんやろ。でも向こうの社長は面白がってくれた。小さな努力は惜しんだらあかんね。この佳作こそが僕に新しい食い扶持と職場を与えてくれたわけだから、まるでわらしべ長者にでもなったような気持ちで、会社の仕事に精を出した。

仕事は一度覚えてしまえば何と言うこともない代物やった。スーパーのチラシ作りにも、短時間で大量にこなすにはそれなりの要領とコツがいるのですが、それ以上でも以下でもない。机のある仕事場は、それまでの立ちっぱなしの生活と比べれば、夢のように快適やったが、そのうちだんだんとそこも耐え難くなった。一番の理由は、この事務所ではよくラジオで音楽などを聴きながら仕事をしていたこと。僕は「ながら族」ではないので、簡単な仕事なら簡単な仕事で集中して一気に仕上げたいタイプなのや。余った時間があるなら、さっさと切り上げて帰りたい。

ところがここの人間たちは、そのトロくさいリズムで仕事をしているんや。これがまんならんかった。創作のことは忘れてた。それよりも、この仕事をマスターし、できれば独立して地に足をつけた暮らしがしたかったというのが本音やった。

そのチャンスは意外にも早くやってきた。

何のことはない、その時の社長と取引先のやりとりをずっと観察しておったら、「これは自分でもできる」と判断できただけのことですわ。小さい事務所だったこともあって、仕事の流れとお金の流れが一目瞭然でした。「これは自分で営業取って、自分で動いた方が早いし儲かる」となったんや。何でも直接やった方が、途中で搾取されない分、利益は大きい。出る時に、子分となりそうなヤツがついてきて、独立した。

小さくて、粗末ではあるけれども事務所を間借りし、ついでに電話も借りて営業をスタートさせました。営業も実際の制作もメインは僕一人。ほぼすべてを自分が仕切り、すべての責任が自分にかかってくるのを経験したのは、これが初めてのことやった。これまでは誰かが営業していたものを制作すればいいだけやったけれど、営業のキツさは本当に経験した者でないと、わからんで。

それまで会ったこともない会社や店に飛び込んで、「お宅のチラシを作らせてくれ」と頭を下げるのは、しんどい。相手にさげすまれたり、邪険にされるのは、キツい。

ひょっとしたら、スタート時のこれが、自分一人だけということであれば、あっさり手放していたかもわからんな。ところが不思議なんやけど、仕事場に子分が一人で待っていると思うとな、背中を何かが後押しするんや。社員を食わせていかなアカンという使命感だったのか、単なる見栄なのかわからんけども、一労働者から経営者に立場が代わると、その立場が仕事をするようになるのですな。

他人の店にいとも簡単に飛び込みにいき、断られてもお世辞の一つも言えるようになる。これを人より数多くこなせば、そのうち、僕のような新参者にも、仕事が回ってくるようになることも経験で分かった。

それで、納期が厳しい、すなわち休み前で他所が請け負いきれなかったような条件の極めて悪い仕事から請け負うようになっていったんや。

仕事は順調やった。多少の浮き沈みはあったものの、数人の社員を抱えて、小さいながらも社長業の苦労と喜びをかみしめていた。この頃は、創作の喜びどころの話ではなく、毎日がそれこそ一所懸命というか、「これぞわが仕事」という気持ちやね。

仕事によっては、集金に行ってもなかなか払ってくれないところもあるし、次の仕事を渡されて、それをやって始めて払ってくれるところもある。商品券で支払いを済まそうとする会社、手形で決済を迫って来る会社もある。

様々な手練手管を潜り抜けて、何とか商売を広げようとした。名刺を持って、ゴールデンウイーク前とか、お盆や暮れのちょっと前に配って行くと、下請けとか孫請けみたいな仕事が入るわけ。それをとにかく必死でやる。

単純な作業と言えば作業だから、数をこなせば十分に食える。社員が二〜三人の頃は、一番儲かったという実感がありました。全盛期の社員は十五〜六人くらいになってた。社員が増えていくにつれて、実入りも増えるけど、ムダも多く出るようになることに気がついた。部屋も大きくなるし、電気代も嵩む。いくら仕事を増やしても社員全体の相乗効果というか、グループでガンガンやる効率というものは、なかなか追求できないでいた。それは、このような版下デザインの仕事でも、それなりの才能の差というものが、如実に反映するからやった。

一時間で十の仕事ができる者もおれば、三までしかできない者もおる。これが同じ給料をもらっとる。能力給や出来高制にしたいところですが、最低の賃金というものは確保してやらないと士気にも影響します。さらに、人数が増えると、社長の僕がいないところで社員同士が援護しあうんですな。

僕がいれば、間違いやロスをすぐその場で指摘して、経営効率を直接上げるわけやけど、その下の人間くらいになると「まあ、いいから、がんばれよ。社長には黙っておくから」とばかりにすっとぼけるのが出るようになった。これも今から考えたら会社を直接経営している者とそうでない者との圧倒的な違いだと思う。

会社は成長しているように見えて、実はどんぶり勘定になっていたのや。

ある時、同業者から写植機にいい出物があると電話があった。それまでは写植は別な業者が請け負っていたから、その分のギャラはもらえなかったわけです。この機械は一千万円以上する高額なものやけど、数年で元がとれ、その後は全部利益になって転がり込んでくる。「コレや」と思ったね。この写植の機械が、それまでのロスをすべて穴埋めしてくれるような気がした。

　借金して購入し、専用のオペレーターを雇っていざ実動となったけど、今度はこれをフルに動かすような営業が取れない状態になっていった。さらに悪いことに、せっかく営業が取れたと思ったら、オペレーターが辞めてしまったり、とかな。高額な借金ではあったものの、月々の払いさえしっかりしておればという気持ちは、これで萎えていったな。大きくなっていった事業で困るのは、何と言っても人件費ですが、それが払えないことだけは、何としても免れたいと思ってた。嘘をついてまで社員を残留させるようなことはしたくない。僕が会社を畳もうと決断したのは、そうなるのが見えたからやった。

　残った借金は五百万円ほど。この時、僕は三十八歳。もし僕が五十歳くらいだったら、メンツや見栄、そして身を持ち崩す恐怖から、さらにサラ金とかに融資を願って、行くところまで行ってしまっていたろうと思う。あるいは妻子がいたら、路頭に迷わせることを苦に、無理をしたかもしれん。でも幸か不幸か僕は独身やった。少しも怖くなかった。

会社は、というても有限でも株式でもないから、会社でも何でもないんやと。会社を解散して感じたのは、実にさっぱりとした開放感やった。小さな部屋を借りなおして、細々と、昔のよしみで請け負った版下仕事を一人でこなすことは、決して悪いものではなかった。今までロクでもない仕事も子分のために営業とってた。そうじゃなしに、良質の顧客に絞って、自分だけでやった方がかえって実入りは上がったしな。

こうして借金こそあるものの、ほどほどに時間があり、考える体力もある状態になっていったわけや。そんなこんなで数年暮らした。四年間くらいだったと思うけれど、ひょっとしたら、あれが一番独身時代の穏やかな日々だったかもしれんわ。

仕事場に机がある。自分の考えでやっとる仕事がある。借金はあるけれど食うには困らない。ぼんやり考える時間の中で、ひとつ本でも読みこんでみようかなと思ったんや。しかしくだらない本は読みたくない。だからその中でも最高と折り紙つきの本を選ぶことにした。それがマルクスの「資本論」とドストエフスキーの「罪と罰」やった。マルクスは、一度はきちんと読みこまなと思っておったからな。

「罪と罰」とは偶然に古本屋で出会った。二つとも、読み続けるのは至難やった。特に「資本論」。言葉の難解さには閉口した。それをいちいち辞書を引いて、意味を余白に書き入れ、赤線を引きながら読んだ。読み進めていくうちに、いままで腑に落ちなかったことも、「ああ、こういうことやったんか」とわかってくる部分が出てきたのがとても嬉しかった。

ドストエフスキーの作品は、「罪と罰」でその圧倒的な構想力と人間観察に打ちのめされ、続きが読みたくて仕方が無かった作品やった。仕事を早めに片付け、あとは読書三昧という日々がこうして続くのや。

あれを極上の時間と呼ぶんやと思う。何かを創作するというのも極上なことですが、創作されたものを味わうのも極上。この時「もう一度、楽しみとして漫画を描いてみようか」と思ったわけや。やはり未練があったんだと思う。また、現実的には写植機で出来た借金がそのぐらい残っていたんや。ここらでさっぱりしたいな、と思ってた。

そんな時に講談社の「モーニング」で「大賞は百万円」という文字が目に入ったのや。

この賞を目標に置き、久しぶりに自分の世界を表現する充実感を味わいながら、日々を過ごした。この時の応募作品、「50億円の約束手形」を描いていた時の恵まれた創作の時間のことは、今でもよく思い出す。

誰も僕の作品を期待して待っているわけではない。商品を納品したところでお金をくれる約束ができているわけでもない。妻子がおらん。時間は無尽蔵にある。

表現者としては、理想なのか、その対極なのか、そんなことはどうでも良かったな。応募要項にある締め切りだけを頼りに、孤軍奮闘というのか、僕は、あの時くらい寝食を忘れて没頭したことは他にない。

その作品は、仕事で頻繁に使っていた手形にまつわる話をモチーフにした。自分が現場の生の声を見たり、聞いたりし、それを大元にして約束手形や連帯保証人のことを調べて勉強してみると、描きたいアイディアはいっぺんにかたまった。

社会経験が生きたというと面映いけど、僕の周りではそういうウラの世界や金融にまつわるしょうもない話、情けない話が日常的に起こっていたんやからな。

それらはある意味で完全な悲劇なんやけど、僕の目には、「上質な悲劇とは喜劇と表裏一体や」と映ってた。バカバカしいくらいに悲しいが、ネタになる。そんな表に出てこない銭のことを追及する漫画などなかった。僕はその過去の経験や現状を、自分の哲学で批判する気持ちで描いたとでも言いましょうか。

どうせやるならということで、僕は自分に「人の真似をしない」と「背景にいたるまで、とにかく手を抜かない」「描いたテーマについて考えるのをやめない」という三つの掟を課した。

勢いこんで投稿したけど、結果は、またしても佳作。賞金は十万円。これはほんまにがっくりきた。ああ、運命は変わらんのかと思ったな。ところが、その考えは間違いやった。編集者が授賞式のために上京して来ないかと電話をくれたのや。最初は断りました。往復の交通費、宿泊代を考えたら、十万円の賞金がパーになるからや。するとそういった費用は全部向こう持ちということがわかって、それでその編集者と会ったわけ。

彼が言うには、僕の作品は佳作の中でも異色で、ほとんど評価は低いのだけれども、一部見所があるというのか、何とも捨てがたい、気になる作品だったらしい。それで、形を変えて数回連載しないかと持ちかけられたんや。

これも僕は即座に断っている。嬉しいし、やったという気持ちはあった。しかし相手は週刊誌でしたから、数回連載であっても、僕の本業がこなせなくなる。もっと余裕のある条件でないと無理やと思っていた。

しかし、相手もなかなか引き下がらん。若ければ「喜んで」となるのでしょうが、その時の僕は、こんなことに毎回全力投球してたら絶対に体も心もズタズタになると思った。「もし失敗したら」という不安も強いしな。世間ズレもしてて「もしダメだったら、こいつらはハナもひっかけんようになる」とかな。

しかし人間は弱い。自分の言葉とは裏腹で、なれるもんならなってみたい漫画家という職業と、それで手に入る原稿料というものへの欲があったことは否定せん。また、自分の作品を冷静に、しかし情熱的に批評してくれる編集者という存在は、それほど悪いものではなかったのや。

相手の「短期集中連載で」という言葉に、「じゃあ四回だけなら時間作りますわ」と答えたのは、僕が四十二歳の時でした。半ば開き直りもあったね。どうせ、最初は何も無かったんやし。やれるところまでやってみて、駄目だったらそこからまた考えようと思った。

その決心が本当の意味で、表現者としての第一歩だったのだと気がついたのは、ずっと後のことのことでね。結局、僕の連載第一回目が載るまでに、そこから一年近くかかってた。そうとわかっとったら、絶対に始めてないわな、こんなこと。仕事かかって、払いが一年あとなんて、そんな仕事ないって。

さて、結論ですわ。一言言うとしたら、「いまどき何かを創ろうなどと思うヤツはそれだけで立派なもんや。好きにしたらええ」ということに尽きる。まあ

「やめておけ」ということやね。そしてあえて言うけれど、「ただし表現するということの贅沢さは、忘れたらあかん」ぐらいのことは言っておきますわ。それが一番偉いのや、とね。

何しろ「表現」なんかよりも、お金を増やすこと、稼ぐお金の単価を上げることの方がよっぽど魅力的だし、価値があると感じている者が多くなっておりますからな。能力がなければ、集金能力も含めた政治力で己を誇示したくなるし、実際のところ、それしか力を示す場所がなくなるわけやから、気持ちはわからんこともないけれど、そんなヤツが偉いわけがない。それだけは言うておく。

こんなことを言うもんじゃないと叱られそうやけど、僕が「なれ」と言おうが言うまいが、この瞬間にも「なりたい」ヤツは、いくらでも作品作りに精を出しとるはずですわ。

しらけておるヤツが目いっぱいいる一方で、専門的な教育のもとであろうと、我流であろうと、自分の思いを吐き出したいヤツはいくらでもおるのですから、誰の心配にも及びません。ただ一つの真理は、自分の思っていることを具体的に形にして、第三者に伝えること。すべてはそこからしかスタートしないということに尽きますのや。

実は、僕も今さらながらではあるけれど、病気になった今は本当に「漫画を描きたいな」と思うんや。

漫画家を卒業した後、ひたすら遊んだ。それはそれで、少しも飽きない充実した時間やったし、もっと遊べるし、もっと遊びたいとも思う。腱鞘炎やら締め切りのプレッシャーやらは、もう絶対にいややという気持ちがあるんやけど、今は、なぜか知らんが、描きたい気持ちになる。湧き出るように、自然とそういう気持ちになっている、今の自分が不思議でもあるんや。

# ◉第六章
# 死へ

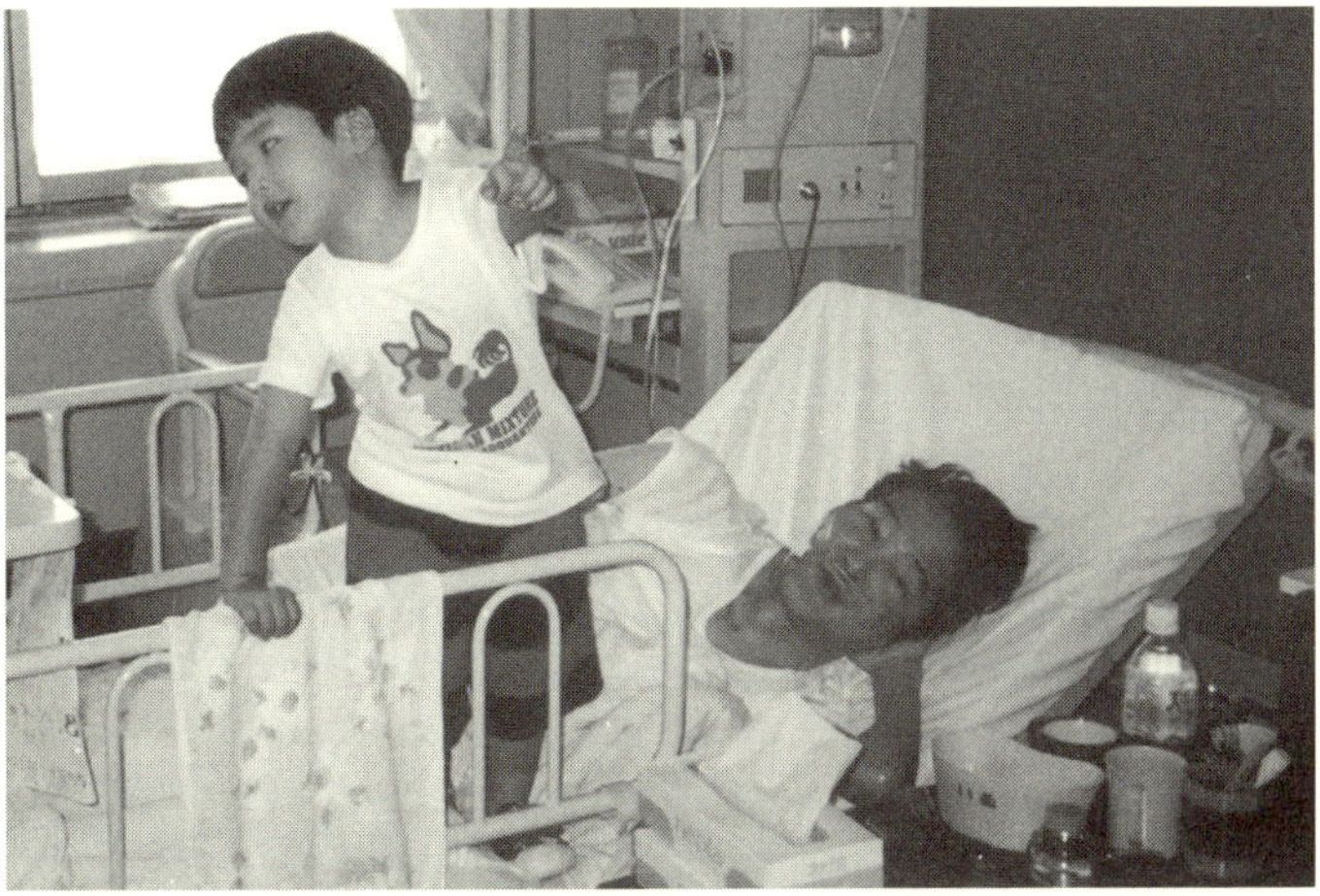

▲病床にて。愛息、旭クンと……。

# 死ぬことは恐るべきことではない

僕は今、病室にいて、「放射線治療はあかんなあ」とか、「こんなに薬漬けにされたらかなわんなあ」などと考えております。しかし、辛いほどのことはない。これは、幸いなことに痛みがほとんど無いからやと思います。激痛が伴うとよく言われますが、それは僕にはない。

ただ、味覚な。これ、かなわんで。たとえばバナナがあるやろ。まあ、バナナ食べようかなと思って、口に入れると、バナナの味がせえへんのや。めちゃくちゃ甘いとか、そうなってるんや。生きていく以上は、バナナ本来の味を取り戻したいと思うわな。

さて。

僕にとって阪神淡路大震災は、初めて深く死を考えるきっかけになった惨事やった。あの震災で亡くなった人たちの冥福を祈りながら、死について僕なりの考えを少しばかり書いてみようと思う。

僕は無神論者やから死後の世界は信じておらん。しかし、だからといって、僕を冷たい人間だとか、情緒のわからん人やとか思わんでほしい。確かに宗教を信じる人は教義を厚く信じ、神を敬い、感謝しいい意味でうるおいのある生活がおくれるのかも知れん。しかし、そのことは裏を返せば自分の頭で考えることが許されないということやろう。そういう思考の停止、あるいは思想的奴隷状態というのは僕には我慢できないのであります。

否応無く死について考えさせられている今も、僕は死後の存在、すなわち霊魂などというものが存在するとは思っていません。これはあくまでも僕の考えであります。ではなぜそう考えるのか。それは、ほんまのことがわからん限り、信じることなどできないからです。

俗に言う心霊現象などはまったく体験したこともないし、本来そんなものがあるわけないと思っています。もちろん、心霊現象やその類のものを体験した人はたくさんいることでありましょう。しかし、それらの現象はいずれも科学的に説明のつくものやと思ってる。

われわれの肉体は細胞から形成され、それらの細胞は常に新陳代謝を繰り返し、常に新しく生まれ変わっとる。放射性元素を利用して実験したところ、一年で人体の構成原子のうち、九十八%が入れ替わり、二%だけが残るそうや。脳なども年とともに細胞の入れ替わりが起こるという。つまり何年か前の自分の体は今の自分の体とまったく違う、ただし形質が似ているだけということになる。

英国の哲学者B・ラッセルによれば、この新陳代謝が肉体だけでなく、精神にも適用されるという。魂などというものはなく、ある人間の精神的な持続、つまり僕が「僕は青木雄二である」と認識し続けることは、慣習と記憶の持続であるというのや。

ご飯を食べておいしいと感じたり、足をくじいて痛さをこらえたりといった日常生活においては、昨日の自分と、今日の自分が同一人物であるということを繰り返し経験してきており、なおかつ昨日の自分を記憶している。

こうした経験を生まれたての赤ん坊の頃から繰り返すことによって、あたかも川が川床を流れるように、前の出来事が頭脳に通路をつけたため、われわれの思考が常にこの通路に沿って流れるようになる。これがすなわち記憶と慣習の起こりだというのです。だから人が死んでしまえば、この通路はなくなることになるので、精神というものは消滅してしまう。これがラッセルの考えや。

さらにはっきりとラッセルは言う。

「来世の命ということについて信仰を起こすのは、合理的な議論ではなくて、感情である。これらの感情のうちで最も重要なのは、死の恐怖であって、これは本能であって、生物学的にも有用なものである。もしわれわれが、純粋にそして心から来世の命を信仰したならば、われわれは完全に死を恐怖することはやめることであろう」

きわめてもっともな意見です。誰かて死ぬのは嫌だし、怖い。また、そのような本能があるからこそ、危険な場面に遭遇した際、無意識のうちに自己防衛機能が働く（目をつぶる、頭をかくす等）んや。ただ、ラッセルの言う「川と川床」が具体的に何を指すのかが、これだけでは今一つよくわかりません。

一方で、英国の分子生物学者でF・クリックという人がいます。彼は米国の分子生物学者J・ワトソンとともにDNAの二重らせん構造の発見でノーベル医学生理学賞を受けている。彼はその後、脳の研究を行なって、いろいろな研究や仮説を発表しているのですが、その一つにこういう興味深い仮説がある。

「人の感情や記憶や希望、自己意識と自由意志などは無数の神経細胞（ニューロン）の集まりと、それに関連する分子の働きに他ならない」

これは僕にも納得がいく仮説であります。この仮説を簡単に説明すると、われわれの体の中にはたくさんのニューロン（神経細胞）があり、それらがお互いに作用しあっていて、そのニューロンの中をある電気信号が通って、情報を伝えたり、記憶したりするということらしい。人間の体の中は食塩水のように電解質でありますから、イオン（帯電した原子）の形で電気信号は送れるわけです。イメージとしては磁気テープに電気信号を記録する感じでしょうか。

クリックの考えは、ラッセルの「川と川床」の比喩を「電気信号とニューロン」という脳内に実在するものへ置き換えた点できわめて画期的なものと言えましょう。ただ、これはあくまでも仮説であり、まだ決定的な証拠が得られたわけではありません。ただし、非常に魅力のある仮説やと思う。クリックはＤＮＡの二重らせん構造を解明した際、人間の体の仕組みはすべて解明できるという確信を持ち、人間の意識の領域にまで挑戦しようとしたのではないでしょうか。

クリックはこの彼の仮説と宗教との関係についても言及しており、自分の仮説が支持されたならば、肉体を離れた魂は否定されるが、このことは多くの宗教的信条と対立するため、本当に受け入れられるのか疑問である、と言っている。

しかし、ガリレオの宗教裁判のように、今までこのような宗教と科学との対決においては、最終的には常に科学が勝利を勝ち得てきた。だからと言ってクリックの説が正しいことの証明にも、霊魂が存在しないことの証明にもなりませんが。

ラッセルが指摘した、本能からくる死への恐れ。死んでゆくものが抱く死への恐れと同時に、残されるものもまた悲痛な思いにかられる。しかし、死への恐れというものが果たして本当に本能的なものなのでしょうか。太古の昔からそうなのでしょうか。

二〇〇一年九月十一日、ニューヨークの世界貿易センタービルに自爆テロが起こった。飛行機が二機立て続けにあの巨大なビルに激突、炎上する様子は衝撃的やった。

アメリカ政府は、もちろんテロへの報復に全力を注ぐと宣言した。しかしその一方で、ニューヨークという世界経済・現代文化の中心地に住んでいるせいか気位が高くてぎすぎすしたところのある人々が、あの日を境に、以前よりも優しくなったというやないですか。やはり、アメリカ人といえども、大都市のど真ん中で、旅客機によるテロ攻撃による死に直面し、しかも多くの犠牲者が出たことは自分の死の問題として考えざるを得なかったということでしょう。

ついさっきまでオフィスでバリバリ働いていた人が、そのオフィスにデリバリーのピザを運んでいた人が、自爆テロで起きた火災を消し止めるために駆けつけた消防署員が、かけがえのない愛する人たちが次々に亡くなっていくむなしさ。

ニューヨーク市民はテロへの怒りもあるでしょうが、やはり、人間の弱さ、命のはかなさ、死の恐ろしさを再認識し、人間は一人で生きているのではない、お互いに助け合わなければならないと感じたに違いありません。

このように「死は恐ろしい」という認識は半ば普遍的なものに考えられているのですが、これを無批判に受け入れていては、とうてい死者は報われませんで。

死とは恐ろしいもの、憎むべき最悪のものという考え方は、芸術にも取り込まれ、記号化され、人間の情緒に直接的に訴え、手っ取り早く人々の「感動」を呼び起こすことができるため、頻繁に使われるようになりました。

映画でも、テレビでも、物語の最後に女性や子供の死をクライマックスに持ってくれば、興行成績がよくなり、視聴率は上がる。観客や視聴者はそら、無条件で泣きますよ、人が死んだら。かわいそうや、てね。

だけど、それはドラマが優れているから泣くのでしょうか。中には優れているドラマもあるかも知れんが、本当に優れているなら、人間の死をクライマックスに持ってくることは絶対にないと思います。クライマックスに人間の死を持ってくる作品ははっきり言って三流です。死とはそんなに軽々しく扱うべきものではないと思う。第一、見ているものを馬鹿にしておるのとちゃうか。

スーザン・ソンタグは彼女の著書『隠喩としての病』において、ガンが体に起こった一つの病名であるにもかかわらず、その言葉が一人歩きを始め、さまざまな否定的意味、悪の代名詞、忌み嫌われるものを指す「記号」として使われるようになったことを説いています。あるいはガンを結核と比較して、結核のイメージはガンのイメージよりもロマンティシズムを持つものとして社会的にとらえられてきた経緯があると指摘しております。

そう言えば、作家の堀辰雄も軽井沢で「優雅に」静養しているイメージが真っ先に浮かびます。こうした病のイメージは、一体どこからくるのか。誰がつくり出したのか。そして死を否定的なイメージとして記号化させているものは何なのか。逆に言えば、死を肯定的にとらえる道もあったのではないのだろうか。

哲人ソクラテスは、彼がその弁舌をもってアテネの青年たちに害毒をまき散らしているとの咎により、死刑の宣告を受けました。死刑の日の直前、ソクラテスを慕う人々は、彼が毒杯をあおって死んでしまうことを恐れて、彼に裏から逃げるように説得します。しかし、ソクラテスは法を守ることは大切なことであると言ってその申し出を拒否する。そしてみんなを諭すように話し始める。

「諸君、死ぬということは、次の二つのどちらかしか考えられないだろう。一つはまったくの虚無の世界に入ること、つまり死者はすべての感覚を持たないこと。もう一つは、死とは一種の更生であって、この世からあの世への霊魂の移転である。死はこの二つのいずれかであろう」

ソクラテスは、もしも死が絶対の虚無を意味するなら、人が夢ひとつ見ないほどの熟睡した夜のことを考えよ、と言います。この熟睡した夜よりも、快く過ごした時間はそれほど多くはないはずであるというのです。確かに熟睡した後の気分というのは何とはなしにすっきりした感じがする。多分、熟睡した後というのはその間、時の流れが止まっていたかのように感じるのでしょう。

夏目漱石が修善寺で吐血して人事不省に陥ったとき、倒れてから意識が戻るまで一分の隙もなく連続しているように思われたと言いました。実はその間、三十分という時間の経過があったのです。

一方、熟睡ではなく夢を見た時には、はっきりと時間の経過を感じるのがわかります。夢の中で事物が運動するため、それが脳に記憶されて、時間の感覚が発生するからなのでしょうか。脳が休んでいる状態では、時間というものが感知できないのかも知れません。

さて、逆に死がこの世からあの世への旅立ちであるならば、また実際にその地にすべての死者が住んでいるのならば、これより大なる幸福はない。ホメロスなどの昔の文学者や歴史家、哲人たちに会える喜びは、お金では買えない貴重な体験であるというわけである。もちろんソクラテスが言いたい要点は他にあるんや。

つまりソクラテスは、よく知りもしないで死というものを恐ろしいもの、最悪なものと決めつけることこそ、おかしいのだと言っているわけや。誰か死後の世界に行ったことがあるやつがいるとでも言うのか。知らないくせに知ったように言うのは、俺の教えが全然わかってないということだぞ、と人々を叱っているんや。

さすがは産婆法（相手に質問をして、その答えの矛盾点を指摘することによって相手の無知を自覚させ、物事の正確な把握に導く方法）の確立者ソクラテスだけあって、単純明快な論理や。ソクラテスは人間を死の恐怖から解放しているという点だけを見ても偉大な哲学者といえるのであります。

さて、ソクラテスの時代にはもうすでに神の存在は大きなテーマになってきていますが、それよりはるか以前の大昔の原始人は、人間の死についてどのように考えていたのでしょうか。僕は、神は人間がつくったものやと思っているので、大昔の人間は神の存在や霊魂などに対しての意識など一切ない、したがって死後の世界など夢にも思わない状態だったに違いないとずーっと考えてきた。

猿人が人間へと進化した時代を考えてみます。原初の人間も寝ている時は夢を見たでしょう。その夢の中で立派そうな人に会うこともあったでしょう。すでに死んでしまった人に会うこともあったでしょう。そういう経験を経ていくうちに、人間には肉体とは別に霊魂というものがあるという考えが生まれたのだろう。

そしてその霊魂は人間の体内だけではなく、山の神様、池の神様、田の神様とすべてのものに霊魂が宿っているという考えにまでなっていったのでありましょう。

太陽などは特にそうでしょう。日の出の太陽は色もきれいな橙色で、水平線近くだとものすごく大きく見える。まさしく妖しく、神がかった風景が浮かび出し、人々を神秘的な気分にさせる。

大昔にも雷はあったし、地震も津波もあった。ところが当時は雷の元が電気であるなんてわからない。したがってそれは神様が怒っていると想像したんやな。その怒りを鎮めるために人々は祈ったり、跪いたりしたわけなんや。そうして、人間が神をつくりあげたんや。

やがて、私有財産なるものが人々を支配するようになると、大いなる富を持つ者、巨大な権力を持つ者にとって、死はその所有を許さないという点において最大の悪となっていった。

それゆえに、残された者たちは、死に行く権力者たちの霊を慰めるため、その墓にかつての所有物に似せた品を入れたり、ときとして所有物そのものを入れたりしたのでしょう。さらには、あの世とこの世を統括する者、すべての世界の創造者としての神が必然的につくられる必要があったんや。

「神の存在」は、一般の人々にも必要なものでした。しかも被支配層の場合には、支配層と違って死が、恐れではなく、逆に安楽をもたらす場合も考えられる。ただし、この場合は現実逃避というきわめて消極的な意味合いを持っていた。

土地に縛られ、領主の過酷な支配と圧政に苦しむ人々は中世以降、世界中で見られる。現実世界から逃避するため、安酒を飲み、酔いつぶれることでつかの間の幸福を手に入れる。やがて酔いが醒め、地獄のような現実に引き戻され、なぜ、酔っ払った勢いで川にでも飛び込まなかったのかと、生きていることを呪う。そうした毎日が延々と続いた。

私有財産と呼べるようなものなどほとんど持てない多数の民衆は、現世の幸福への期待を捨て、来世での安寧を願った。そしてまた、宗教もその安寧を保証したからこそ宗教は広まっていった。

それでは、神を創造する以前の、太古の人間は死というものをどのように考えていたのでありましょうか。

昔の貝塚から人骨が出てくることがよくある。中には全身の骨が出てくることもある。縄文期の埋葬方法は屈葬なのですが、この屈葬についてはいろいろな説があるようで、僕が昔習ったのは死霊を恐れたという説や。だが、本当にそうなんでしょうか。太古の昔にはまだ神も霊魂も、原始人の頭の中にはなかったのではないか、屈葬以前には死に対する感覚がもっと自然なものだったのではないか。きっとそうに違いないと考えていた。

アイヌ語学の第一人者である金田一京助博士の随筆に『匹婦の言』という文章があります。金田一博士はその文章の中で、大昔の人は夜具や布団はないのだから夜寝る時は、足を伸ばして寝ると体温が発散して逃げていく。

膝を折り曲げて下肢を上体に重ねて寝ることは、保温のために有効だったのではないか、実際、犬や猫でも丸くなって寝る、と推定している。

この屈葬という形は、アジア大陸でもどこでもほとんど世界的に一致するにもかかわらず、なぜこのようなことが行なわれたか、まだ学会で適当な説明がついてない。

金田一博士は、そのように膝を抱えて寝ることが原始人にとってごく自然な行為であり、それで葬るときも死体に膝を抱えさせて、自然な寝姿にして寝かせたのではないかと結論している。

金田一博士の仮説をもとにすれば、すなわち、原始人は死者を恐れず、死を恐れていないということになる。しかもこれはきわめて自然な考え方でありましょう。

あるいはもしかすると、死んでいるという意識すらなかったかもしれない。こう考えると、屈葬は決して悪霊の封じ込めなどではなく、逆に原始人が死を恐れておらず、ましてや霊魂などを信じていなかった証拠にもなるのではないか。

僕は霊魂を信じないと言いましたが、死んだ人が、実は死んではいないのではと思う感情を否定しません。いや、逆にそのような気持ちを持つことは古代人の死者に対する気持ちを推測する上できわめて重要な視点やと思う。

特に毎日、顔を合わせていた肉親、恋人、友人などそうしたきわめて親密だった人が亡くなった時には、死というものがまったく受け入れられないことはきわめて自然なことや。死んだのではなく、地球上のどこか遠い場所にいるような気持ちになることは多くの人が経験しているはずや。

お葬式も済み、初七日も済んで、ようやくもとの心の平穏を取り戻した時、ふと自分の心の中に、故人に対する哀悼の気持ちなど一切ないことに気がつく。いや、その時はすでに「故人」などとは思っていないし、哀悼などという感情すらどこかに飛び去っているのかもしれません。

いつものような足音で、いつものような「ただいま」という声を響かせて、見慣れたドアの向こうから懐かしい笑顔とともにあの人が帰ってくる。そんな予感が、奇妙なほどの大きな確信とともに、わき起こってくる。そうした予感を胸に、故人を待ちわびながら、長い夜を過ごす。そんな経験をした人は僕だけやないはずや。

だけど、いつまで待っても故人は帰ってこない。そして、幾日かそのような夜を過ごしていくうちに、不思議な気持ちはやがて静かに遠のいていく。

その気持ちは決して悲しい感情を呼び起こすことはなく、むしろ心が何かに包み込まれるような、胸の辺りが暖かくなるような何とも形容しがたい気持ちがする。僕はこのような気持ちこそが、原初の人間の気持ちに一番近いんやないかと思うで。

なぜなら、先に述べたとおり「故人」は「亡くなっていない」という気持ちが、ごく自然に出てくる感情だからや。錯誤であろうがなかろうが、「亡くなっていない」と考えているところに「故人」は存在できない。

そしてそれはごく自然な考え方のはずや。それに対して死後の世界の考えはあまりに作為的過ぎる。不自然すぎると僕には思われてならないんや。

# ◉第七章
# 息子へ

▲遊園地にて。愛息、旭クンと。

# おまえの未来に乾杯する

僕が最初にガンを患ったのは、上顎ガンやった。急遽入院し、手術で摘出し、ことなきを得た。その時もガンなど少しも怖いことなかった。

ただ、家族のことは強く思った。家族のために、あと十年は、生きたい。健康に気を使い始めたのも、その頃からですわ。

タバコを止めた。深酒の回数も減らした。まだ幼い子供を悲しませたくなかったのや。実に、子供の威力とは、すごいものや。

五十五歳になって、ようやく待望の子を授かりました。名前は旭といいます。若い頃に見た映画で小林旭にいっぺんに憧れて、それで彼の名前にちなんでつけたんや。ゆくゆくは『平成のマイトガイ』として、小林旭に負けない映画俳優を目指させるつもりでおります。

親であれば精一杯の愛情を注ぎ、健康で健やかに育って欲しいと願うのは当たり前の話や。特に、子供の教育に関して親としてできる限りのことはしてやろうと思う。ですが、マスコミ等で取り上げられる教育現場の荒廃については、子供ができた今、なかなか看過できないこととして受け止めるようになった。子供の教育に関しては、昔から問題はたくさんあった。その中でも一番大きなものは、受験競争と不良問題でしょうか。

公立学校の現場は今、史上最悪になってきているように思える。小学生の子供を持つ大都市圏の親たちは顔を合わせるたびに学校の悪口を言い、中学は絶対に私立に行かせたいと互いに誓いを新たにしている状況のようだ。子供が授業中に教室内を歩き回って、授業が成立しない。しかも、一人や二人やない。何人もの子がそういう状態になるんやという。

しかもおかしくなっとるのは子供だけやない。先生のほうでも子供を教えることを拒否したがっている先生はおるはずや。

そもそも世のお父さん、お母さんがたの中で、教育の「平等主義」に反対の人は表向きはおらんと思う。

お父さんお母さんがたに

「子供さんには将来どんな職業についてもらいたいか」

とインタビューしたとしましょう。みんながみんな

「子供には自分の好きな仕事をしてもらいたい」

「自分の一生なのだから、自分で見つければいい」

と答えるはずであります。みなさんすでにおわかりでしょうが、この答えはあくまでも日本人にありがちな優等生的答弁である。建前であって、世間体を気に

しての言動であることは間違いない。はっきり言って大部分の親の本音は意識的、無意識的を問わず、次のとおりでありましょう。

「わが子が競争に勝てる見込みがあるのなら、競争社会のほうがいい」

誤解しないで欲しいのですが、僕はこのことが悪いと言うとるわけではありません。

むしろ、わが子が健康に育ち、社会的に成功することこそ、親の最大の喜びなのは当然であり、なおかつ健全でもあると思う。子供が出来た今の僕にはようわかる。つまりどの親も、本音のところでは健全な考えをもっているにもかかわらず、建前ではうそをついている。ここに日本の教育の問題点があると思うんや。

戦前までの親はわが子をどんな職業につけるかはっきりとした目的意識を持っていた。いや、むしろ百%、親の意向で決定されていたと言えるでしょう。それはそうです。子供には家督を継がせるわけですから、しっかりと家産を切り盛りしていける能力をつけさせることは一番の大事だったのです。

商人の家であれば、他の店に丁稚奉公に出して、商人としての基礎を体で覚えこませる。わが子を軍人にしたい親は当然エリートの軍人になってもらおうと、陸軍幼年学校にパスするように猛烈な受験勉強をさせたりした。親たちも必死で面倒を見ていた。誰もがその道でひとかどの人物になってもらおうと必死の思いで教育していた。

この点は基本的には昔も今も変わらないと言えるのですが、今の親が昔の親と違うところは、はっきりとした目的意識を持たず、ただ子供に「頑張れ、他の子に負けるな」とだけ言って、言いっ放しになっている点でしょう。

将来の具体的なビジョンが親にも子供にもまるっきり見えてこない。

そのくせ、一生懸命に勉強をやっているところはなるべく人に見られたくない、あるいは表立って言いにくい状況がある。人の裏かいて成功しようなどとは、まったくの偽善であります。

第一、「受験戦争はよくない」と言っているマスコミ自体にしてからが、就職試験の際には学歴を重視しとるやないですか。誤解のないようにして欲しいのやが、別に僕はマスコミがリクルートの際に学歴を重視しとるのが悪いと言うてるわけやないで。どこの馬の骨ともわからんものは採用でけんから、ある程度素性の知れたもんを採用しておくほうが無難やと思うのは当然や。そやけど、言ってることと、やってることが違うやろうと僕は言いたいのです。そろそろ本音で語ろうではありませんか。

僕が悪いと思うのは、競争社会が厳然として存在するにもかかわらず、親も教師もそれを隠そうとすることや。そのくせ陰でこそこそ子供に受験勉強をさせている。もっと堂々としたらええやないか。

子供の職業意識についてはやはり成績第一主義から始まって、やがてはステータスシンボルとしての職業観が定着してくるのと違いますか。給料がいいからとか、今一番人気があるからとか、安定しているからとかそういう理由だけで職業を選んでいる学生が増えているのではないでしょうか。確かに自分の人生なのですから、そういう理由も大事かもしれませんが、それだけではまずいんとちゃうやろか。世の中は自分一人だけで生きていけるわけやないんやで。

例えば東大文一を出て、国家公務員試験一種に合格、エリート官僚になったやつは、真っ先に国民にご恩返しをしなければならないんやないのか。

文科省の教育行政も相変わらずダメダメや。学校の週五日制導入に関して「子供の負担を軽減する」とか聞こえのええこと言うてますが、事の本質は教員の週休二日制を実現することでありましょう。学校の教員も世間のサラリーマン並に待遇改善しようというのが前提にあって、本当に子供のことを考えているかは疑問である。

それが証拠に、「ゆとり教育」に対する批判が現場からも、管理側からも出ているわけじゃないですか。文部科学省にとっては自民党政治に忠実で余計なことを考えないような国民さえ育てばいいのであって、その他のことははっきり言ってどうでもええらしい。約七割の生徒が「週五日制はよい」と答えているというアンケート調査の結果もあるようですが、子供がいいと思っているということと、学校週五日制がいいということとはまったく別の問題や。

本来、子供というものは学校が好きで好きでたまらんはずや。好きというのは授業ばかりとは限らん。多くの仲間とともに勉強らしきものをやり、運動場や体育館で遊び、給食を食べ、喧嘩をし、ともに笑う。いろんな社会の縮図を体験できる、集団行動を体験できる貴重な場だったわけや。学校がそんな場やないと、僕の息子も安心して通わせることができません。

僕などは土曜日の夜は月曜日の登校が待ち遠しいぐらいやった。ところが七割の生徒が「週五日制はよい」と答えているということは、裏を返せば、学校に行きたくないと子供が感じていることではないのでしょうか。

そもそも今まで、週六日勉強して子供たちが負担に感じるほどの勉強をやらせていたのでしょうか。僕は違うと思う。もちろん今の子供は昔の子供とは取り巻く環境が大きく違う。ファミコンはあるし、携帯電話もある。パソコンでメールの交換もする。時間の過ごし方が昔の小学生とはまるっきり違う。

しかし、昔の子供だって家で勉強ばかりしていたわけやない。むしろ陽のあるうちはほとんど家にいなかったのが普通だったのではないですか。夕方暗くなるまで外でみんなと遊んで夕ご飯時に三々五々家路についていたんや。それでも学校では今以上のカリキュラムをしっかりとこなしていたはずや。

子供のため、子供のためというのなら、文部科学省も現場に裁量権をもう少し持たせたほうがいいでしょう。大体、文科省は現場を知らなさ過ぎる。

本来、教師というものは教室では絶対的な権限を持ち、社会的地位も圧倒的に高いものやった。ヨーロッパ、特にドイツとかイギリスとかでは大学教授もそうですが、学校の先生と言えば尊敬される人物であるわけや。日本もかつてはそうやった。

しかし、今の日本においては教師の地位もとうの昔に地に落ちている。学校の先生を尊敬している親などごくわずかで、うわべは先生に敬意を払っていても、裏ではボロクソに言っているなんていうのはざらや。親が教師の悪口を言うから、当然子供同士でも先生の悪口を言い始める。要するに人間関係が破綻しているんや。

夢と希望を持って教師になったけれども、親と同僚とにこっぴどくやられてノイローゼになり退職した若い教師などたくさんいるという。かと思えば、開き直って「援助交際」（早い話が売買春）に走って、懲戒免職食らっている元教師もいる。こうなるともはや教育というものが成り立たない世界や。空恐ろしい世界ですな。今の教育現場は地獄以外の何物でもないのとちゃいますか。

文科省の官僚からして、教育がわかってないのだから無理もない。考えていることは、いかに出世して、いいところに天下るかだけやろ。子供のことなど考えとりゃせん。ちょっと目先が利いて、保身がうまい。後は天下り先を転々と移動して退職金をかき集めるだけや。

そもそも、今のような教育は現代日本にとってあるべき姿なのかということをはっきりと反省せんことには教育問題は解決しません。義務教育は絶対に必要や。ただし、何のための教育なのかがあいまいな限り、現在の学校教育のシステムは否定されるべきでしょう。僕には文部科学省がどういう意図で義務教育を行なっているのか全く理解できない。文部科学省なんて必要ない、というかないほうがええんとちゃいますか。

もういい加減に、大人たちが本気で子供の教育に取り組もうと思わなければ、日本という国は滅ぶしかないと思うで。

自国民の教育と言えば、現在のチェコ共和国に今から四百年ばかり前「教育の父」と呼ばれるヤン・アモス・コメニウスが生まれました。地図を見てもらうとわかるように、彼の祖国は強国に囲まれ、常に過酷な運命に翻弄されてきた。国家がそういう危機的状況にあったため、当然彼は民族独立運動の闘士となった。コメニウスは「人間が真に人間になるためには教育を受けなければならない」として、惨めな祖国の現状を憂い、その将来を子供たちに託したいと思う切実な気持ちを彼の名著「大教授学」に込めた。

「大教授学」は、祖国の子供の教育に捧げられた書物なのですが、非常に豊かな普遍性を持ち、今読んでもまったく古さを感じさせません。ですから教育関係者はもちろん、教育を考える人にとってのバイブルと言っていいものである。そこに書かれている言葉は、教育論文などによくある堅苦しいものではない。教育技術について具体的なやり方をきちんと丁寧に説明している。

子供を教育する上で注意すべきことの一つとしてコメニウスはこう言っています。

「どんな学習をするにしろ、それに没頭する状態になるべきこと」

「あらゆる学習の障害物が生徒から取り除かれるべきこと」

これは何を意味しているかというと、子供が学習への熱意を起こしていないうちから、あれやこれやと子供の学習に水をさすなと言うているんや。現代日本の教育で言うならば、勉強の成果で順番をつけたり、勉強のでき如何で子供の評価をしたらダメやいうことなんや。

勉強の目的はあくまでも生きるための知恵の習得や。それができれば勉強の基本は仕舞い。それからあとは各人の必要に応じてそれぞれの専門を深く学んでいけばええ。それを最初から成績つけたり、順番つけたりしてどないすんのや。子供が勘違いするで。

「なるほど、学校の成績さえ良ければ何やってもええやん」

かくして、要領のいい子は先生に気に入られて、悪い子はいじけていくだけ。人を説く道としては、そうやないやろ。

初等教育で必要なのは、生きていくための最低限の知恵を教えることの他に、人間の価値を教えることなんや。人間の価値は何で決まるか。言うとくが、それはもちろん学業成績やないで。それは

「どれだけ他人を喜ばすことができたか、失意にある人間をどれだけ励ますことができたか」

たった、これだけなんや。これだけできた人間はみんな百点満点をもらえる資格がある。それが何や今の教育は。他人に無関心な人間、あるいは他人を不幸に

する人間ばかりつくっているやないか。こんな簡単なことすら実現できんのなら、文部科学省など消えてなくなったほうがええと思うで。

また、僕がコメニウスの理論で面白いと思ったのは彼が唱えた「汎知学」であります。彼はあらゆる知識を体系化し、それを教育に利用しようとしました。つまり、学校で習う知識はどれも関連していて、どの教科も平等ということや。

とかく、受験教育では主要五教科が重要視され、実技四教科はないがしろにされる傾向にあります。実は教科はみな同等なものであるとコメニウスがはっきり言ってくれている。

ですから、いきなり全教科を詰め込む必要はありません。自分の好きな教科から次第にマスターしていけばいい。主要五教科で知識を学び、実技四教科で生きていくための知恵を学ぶのです。

そう言えば、僕らの時代には、自分でナイフを使って、竹トンボでも水鉄砲でも何でもつくったもんや。手回しの鉛筆削り機もあったけれども、まだナイフで削っている子の方が多かった。もちろん、使い始めの頃は手元がしくじって指に無数の傷をこしらえていたものでしたが、慣れてくるにしたがって正確に使えるようになっていった。

それがいつの頃からか、ナイフで鉛筆を削る習慣がなくなった。ナイフは危険だということを言っておるようですが、この世の中にまったく危なくないものなんてありません。

大人たちが、子供たちから「危険な」道具を遠ざけることによって責任を回避したいだけなんや。でも、これはガスコンロの爆発が怖くて煮炊きをしないのと同様おかしな話と思わんか。器具や道具を安全に使うにはどうすればいいか教えればすむ話やないか。

あれも危ない、これも危ないと子供たちからいろんなものを取り上げていったら、後には一体どんなものが残るのか。台所にまな板や包丁がない家庭もあるようですが、子供たちをそんな「無菌状態」に置いておったら、抵抗力がなくなるで。本当の危機的状況にさらされたときに何の対応もできずに終わってしまいますで。そんな横着なことでは子供の教育など絶対に無理やで。

子供には小学四年生ぐらいから肥後の守（工作用の切り出し小刀）を持たせるべきやな。けがをすることによって、刃物の扱いは慎重にせなあかんということを身をもって知るでしょう。

ましてや人に向けることは絶対にしてはいけないと思うはずや。自分が痛い目にあっておれば「相手も痛いやろうな」という想像力が育つんや。

できることなら小学校の技術科では木工をやって、卒業制作として中学で自分が使う机とイスを作ってもええくらいや。

自分でつくったものは愛着が湧くし、大事に使うで。そういう経験を積めば、ものを粗末にするなどということはなくなる。

今の若者は男女とも、身長は高くなり、スタイルも良くなってきてまことに喜ばしいことやと思いますが、その一方で運動不足のせいか昔に比べて極端に体力が落ちている。体に負荷をかけることをしないために筋力が落ちているんやろう。宇宙飛行士かて無重力状態の中で何日も過ごせば、次第に筋力が衰え始め、骨も劣化してくるそうや。要するにわれわれの体は重力によって生み出されている。動物が常に運動していなければ体がどんどん退化していくのは当然や。

運動といっても、筋肉トレーニングとか、ジョギングとか水泳とかいきなり本格的なものから入る必要はないで。歩くことだって立派な運動や。

歩くことによって脚を流れる血液の循環が良くなり、心肺機能も向上してくる。さらには脳にも刺激が与えられ、思考力もぐーんと増してくるそうやから、歩くこともなかなか馬鹿にできんぞ。

ところが今の親は何や知らんが子供に負担がかかるのをかわいそうと思うようで、わずかな道のりのところを車で送り迎えしたりしております。金を使って病人をこしらえているようなもんやな。そんなことやっておったら、子供を早く成人病にさせるだけやで。

子供が可愛いなら、なるだけ歩かせたほうがええ。頭だけ鍛えて体は鍛えないというのではいびつな人間しかできへんで。精神と肉体とはお互いに影響しあっているんやで。

美術も音楽も本腰入れてやらせましょう。芸術を鑑賞する、さらには自分で絵を描いたり、演奏をしたりするということが今の子供には一番欠けている。人間が人間である理由の一つは、美しいものに感動する心を持つということです（人間だけやないで。牛にクラシック音楽を聞かせると、乳の出がよくなるらしい）。美術や音楽が人間の魂を揺さぶる力を持っているからこそ、芸術としての大きな価値を持っているわけや。

絵をかいたり、楽器を演奏したりすることは本来楽しいものでなければなりません。確かに芸術には才能が関わってくる部分もありますが、それはプロフェッショナルとしての芸術についてであって、趣味の範囲であれば難しく考えることはない。

もちろん子供に才能があると専門家が認めてくれるようなことがあれば、ちゃんと先生をつけてその子の才能をきちんと伸ばしてやることも親の責任やと思います。

プロの絵描きや、作曲家になるのではなくても、美しいものを美しいと素直に楽しむ心を育てることは絶対に必要や。学校で美術や音楽を熱心にやったのがきっかけで日曜画家とか、クラシックギターをやるとか趣味で一生つきあうことになれば、その後の人生にプラスになることは多いし、人間に深みも出る。自分の専門とは別に余技を持つということは楽しいことや。

以前、テレビでアフリカの大草原に生きるチーターを扱ったドキュメンタリー番組を見た。子供は母親のお乳を飲んで育ち、その後は母親が獲ってきた獲物を与えられて育つ。

しかし、子チーターは大きくなると母チーターに狩の練習をさせられる。どのぐらいの距離から、どういうタイミングで獲物に突進していけばいいのか、どこに食いつけばいいのかといったことをこと細かに何度も何度も繰り返し教え込まれる。

母親は子供に狩を教えて今度は子供に食べさせてもらおうと思って教えているのでしょうか。とんでもない。母親と子供はいずれ別れる運命なのです。子チーターは母と別れて天涯孤独、たった一人で弱肉強食のすさまじい世界を生きていかなければならない。そうなれば、もうえさを与えてくれるものは金輪際いません。自分で獲物を探して捕まえて食べなければならんのです。ライバルはいっぱいや。ライオン、ハイエナ、猛禽類などと激しい生存競争をしていかなければならんのやで。ですから、自分の力で生きていくためにえさを取る訓練を必死の思いで学習するんや。

僕はこのドキュメンタリー番組を見ていて教育の原点を感じた。母チーターはわが子に、生きるために必要なたった一つのことを教えて子供の前から去っていくんや。

憲法第二十六条第二項に「義務教育は、これを無償とする」という文言があります。母チーターの教育はまさに無償の愛なのや。

以上が僕のわが息子に対する教育方針であります。旭よ。僕はおまえに直接語りかけたいが、今は何のことかわからんやろ。

でも、いつの日かおまえが自分の子供を持った時に、「ああ、親父があの時こう言ったのは、こういう意味やったんやな」と思い出してくれれば、僕としてはこれ以上望むことはありません。

息子が生まれて思ったのは、彼があたかも僕の体の一部であるような錯覚に陥ったことや。息子の喜びも悲しみも、ともかくすべてが「他人事でない」という感覚を知ったの初めての経験やった。

そして、五十過ぎにして初めて子供を持ったことで、僕は親父やお袋が僕のことを本当に愛してくれていたことを再確認できたのや。

そのことを教えてくれただけでも、僕はおまえに感謝したい。

# ◉第八章 妻へ

▲最愛の妻と息子と。限られた時間の中の、濃密な一時。

# おまえとの出会いだけを待っていたのや！

僕の結婚は遅かった。四十八歳になってからだから、十分に晩婚である。

若い頃から人並み以上に結婚願望が強かったのだが、これはという女性が現れなかったんや。恋愛らしい恋愛はしていない。つまり恋人と呼べる人を持ったことがなかったんや。

むろん、見合いもした。結婚相談所というのか、結婚紹介所というのか、ああいう類のカウンセラーの世話になったこともある。お見合いだけで三十回はしているはずだ。ことごとく断られたな。こちらも断るわけだが、相手にはすべて断られた。こちらとしては、真剣に結婚を考えるからこそ、条件にこだわったんや。相手に対して高い望みを抱き、いつかは必ずそんな理想の女性が現れるはずだと思っていた。

見合いの時は、どんな相手であれ、自分の環境を誠実にあらいざらい説明した。収入や仕事の内容、そして当時の自分には老いた母親がおり、身内で面倒を見ているので自分も面倒を見る必要があることなど、細かくすべて正直に言うた。

今思うと、断ってくれと言っているみたいなもんである。自分が出す高い条件をクリアした女で、なおかつこちらの条件をのんでくれる相手などいるわけがない。

相談所に来る女性の多くは、「後々めんどうくさくない良い出会い」を求めていることがようわかった。条件こそすべてなんや。たとえば「高収入、高学歴、高身長」ならば、とりあえず人間性は人並みでよしということなのだろう。世間体を考えたら、心の中身までは見えるわけないんやしな。

振られた見合い相手を責める気持ちはありません。それどころか彼女たちの行動は、一理も二理もあったと思う。

僕だって自分の掲げる相手への条件を無視して「何でもええから結婚したれ」とは思わなかったから、どっちもどっちなんや。僕の幸福のために相手の心身の美しさを第一条件にあげているのと同様、彼女たちも未来の家庭の安定を第一の幸福と願うからこそ、僕を選ばなかっただけの話なのであります。

僕は古いタイプの人間なので、昔から甲斐性のない男が結婚なんぞするもんじゃないと思ってた。第一、結婚生活の基盤となる金がないにもかかわらず、そんな自分に従順についてきてくれる美しくて若い妻など、いるわけがない。だから見合いばかりしていた当時の僕は、結局そんな自分の状況にさえ思い至らなかったんや。

デザイン事務所を立ち上げ、いっぱしに独立した気になり、家庭も築こうとしていた。あのまま誰かと結婚し、子供などが出来ていてでもおったらと思うと、複雑な気持ちになる。今の僕は果たしてあったのだろうか。

ほどなくして仕事が忙しくなっていき、女性たちとの出会いはますます少なくなっていった。漫画家になってからは、もうそれどころではない。人間、何かを得たら、確実に何かを失っていくなと実感した。金が入り始めて、確実に失ったのは、その間の女性との出会いの時間やった。


ところが、運命の出会いというものはあるんやなあ。

漫画家になってからの僕は、行きつけの近所の喫茶店で、コーヒーを飲みながら、新聞数紙に目を通すのが常だった。気分転換と情報収集を兼ねた日課である。

ある日の朝、同じように喫茶店に入り、コーヒーを飲みながら喫茶店のママと話をしていたんや。僕が「昨日は北新地で飲んでてなあ」と言うとると、そのママが、「あら、そこのお客さんも北でお店やってるのよ」と紹介してもろた。そこには北新地のその店のママと、チーママだという女が、あきらかに仕事帰りという感じで座っていた。見ると、そのチーママの方は、見覚えのある顔やった。前にもこの喫茶店で見かけたことがあり、僕は「いい女やなあ」「美人やなあ」と思っていたんや。何より、顔がよく、背が高く、スタイルがいいところが気に入った。

うまいぐあいに紹介されたから、「いいよ、飲みにいくよ」ということで、店に行ったのを覚えている。普通に楽しく飲んで帰った。このときは別に何でもなかった。勘定は後日請求書を送るというので、借金しているみたいでイヤな気がした僕は「明日の朝、あの喫茶店で払うわ」と言ったのを覚えている。

一回飲みに行って七万円やった。高級な店だったから、仕方がない。

その払いを済ませるために、喫茶店で待っていると、ママが例のチーママを伴ってやってきた。ママは座って僕と話をしていたが、チーママのその女は遠慮しているのか、恥じらっているのか、座らずに立ったままやった。その姿が、なぜかしら、とてもいとおしく思えたのや。ただの美人ではない、いうんかな。彼女を店で見た時は、いわゆるチーママですから、しっかりしていて、美人でありながら、それなりの厳しさも持った人のように思われた。

しかし、この時の彼女は、人を値踏みするような目を持ってなかった。客と接する仕事である以上、商売として割り切らんといかん部分はある。しかし杓子定規ではなく、人の心の優しさを十分持っている美しさというんかな。

その時が、嫁さんとの本当の出会いだったように思える。この女と結婚しようと決めたわけなんや。決めたといっても、出会えるのはあの店しかない。もう当時は忙しさがピークの頃ですから、しんどかった。月曜から金曜まで、毎晩、北新地で飲み、とにかく酒を飲みながら話をする。店が終わる頃にメシに誘って、明け方まで話をし、そして仕事場で朝まで寝て、朝の十時から夜の十時まで漫画を描き、そして再び店に通う。

現役の週刊連載の漫画家がこれをやるのは、かなりつらいことだった。やり方は間違っていたのかもわからん。でも一人の女に誠意を見せる方法というのは、僕の場合、これしかなかったんや。

何度も会いたいと思うようになったのは、彼女の価値観が、僕の価値観にとても近いということがわかったからや。彼女は僕同様、不正を見過ごせないタイプで、しかも思ったことは口に出さないと気がすまないところまで似ていた。

ある時、僕が彼女に北新地の自動販売機のコップ酒と同じモノが、西成の自動販売機では十円高くなっていることを言った。これっておかしいやろ、と。西成で働いている奴の方が金に困っていると考えるのが普通なら、安く売ってやるか、せめて同額にしてやるべきや。しかし現実には西成はそれでも売れていくのである。それを話していたら、彼女が「私もそう思ってたんや」と心から言い放った。

彼女も西成に住んでいたことがあったのだった。色気のない話だが、会えばそんな話ばかりしていた。

一か月が経って「ＯＫ」をもらえた時はうれしかったな。下世話な話だが、五百万円かかった。本気なんだということを示すためには、どんな場所であれマメにその女に会いに行って、気持ちを伝えるしかないんや。僕は男が誠意を示すには、金抜きには語れないと思っている。ある意味、純粋な愛と金とは相容れないことのように思われるかもしれん。しかし、女を守るために、本当に必要なものは金なんだと、その頃には遅まきながら理解していたから、その甲斐性こそが、すなわち男の誠実さを表すものなのだと思っている。

二十歳も年下の、しかも自分の理想の女房をもらうことができた僕が思うことは、「やっぱり妥協しないでよかった」ということに尽きるな。一番良いのは結婚生活に後悔がないということやろうか。喧嘩でさえも、この女とだったらまったく後悔せずに出来る。これ以上の女はいないと思う相手と過ごしているのだから、当たり前の話や。

僕は声が大きいし、本当のことをずけずけと言う性分だから、周囲の者、ことに女性には怪訝な顔で見られることの方が多かったと思う。こんな僕のことを「あんたは『七人の侍』の菊千代みたいやなあ」と妻が言ってくれた時は、うれしかった。二十歳も年上のこんなしょうもない男を、本質で見て、理解してくれたことを感謝している。

実を言うと僕は、自分で自分を精一杯無理にでもほめることで、鼓舞することでやっと生きてこれたような男やったんや。これをぽそっと言われた時、心底結婚して良かったと思った。

生まれて初めて、僕は一人でないんやと思ったんや。

# ◉第九章

# 夫へ 素顔の青木雄二

妻　青木若代さん、語り下ろしインタビュー

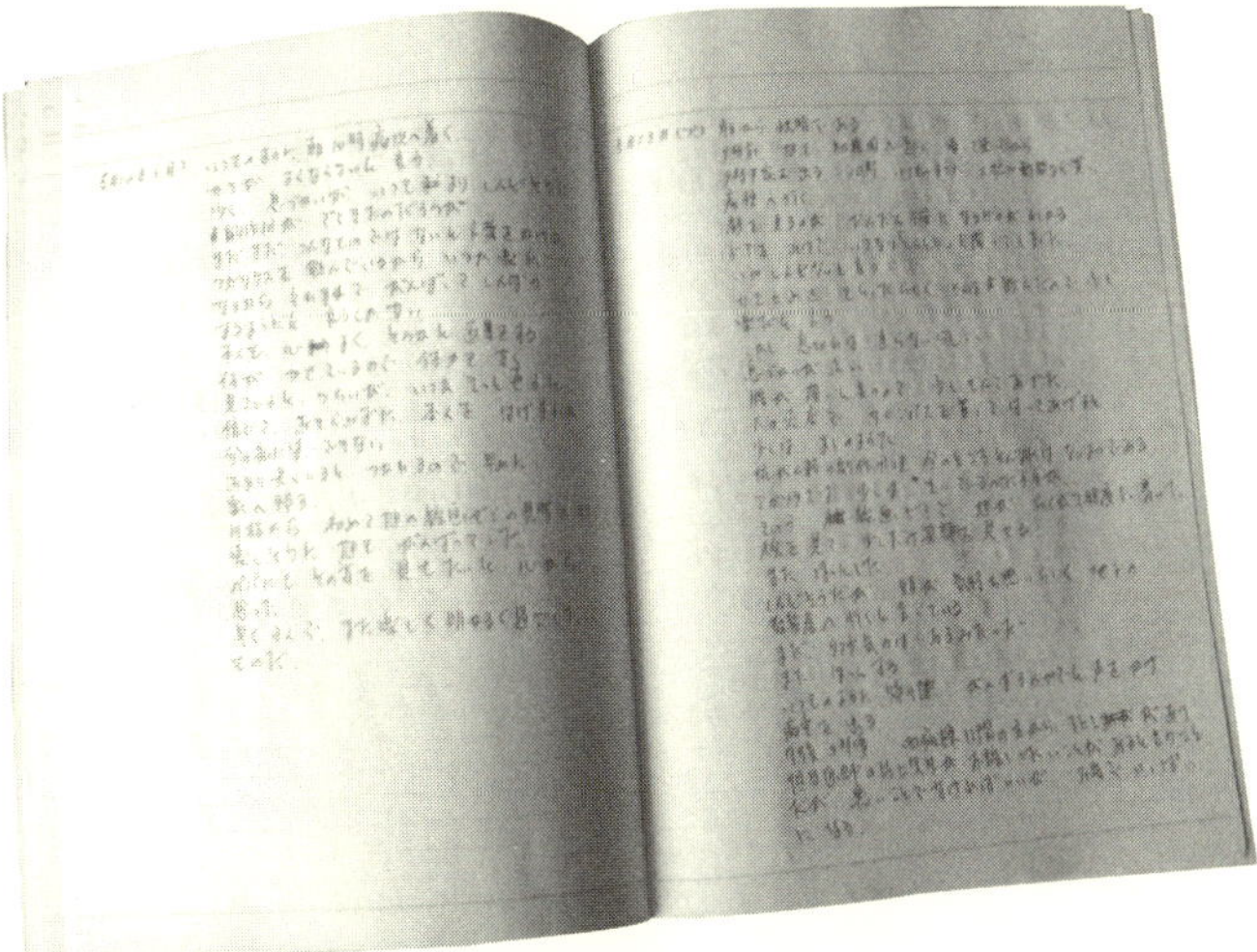

▲入院中の氏の病状が克明に綴られた夫人の日誌。

# 子供がそのまま大人になったような人

青木雄二は、本当に子供みたいな人でした。どんな場所に出るのでも、体裁を取り繕うということが、基本的に出来ない人でした。いつだって素のままで、服装もあのまま、声は大きい、言いたいことも初対面であろうとなんであろうと、わーっとすべて言い尽くしてしまわないと気がすまない。そんな人です。だから、あの人がよくお見合いで何十回も断られたという話が出てきますけれども、無理もないと思います。

初対面の人は、決まって「あの人、変わっている」と言いますから。

でも、そのぐらいに純真無垢な人でした。そういうのは失礼だから黙っていなさい、言っては駄目ですよと念を押されても、つい言ってしまう小さな子供がいますが、実際、本人はあのまま大人になってしまったような人でした。誰に対しても偉ぶることはなく、昔のままでした。もっと言えば、すぐにだまされてしまう人。漫画でも本でも、皆にはだまされるなと大声で言っている癖に、自分は義理や人情にすごく弱くて、涙もろいのでした。

でも、私は、青木のそういうところを一番信頼し、愛していました。

私との出会いは、これまでの色々な本の中で、喫茶店でということになっています。事実そうなのですが、若干補足しておきます。それは私自身もまったく覚えがなかったことですが、喫茶店の方に正式に紹介していただく前に、青木は私を知っていたのだそうです。夏だったか春だったか忘れたそうですが、喫茶店のテレビで、甲子園中継をやっていた時のこと。私は当時、北新地のクラブで働いておりました。昼頃、行きつけのその喫茶店に、息抜きに入ったのでしょう。出勤前ですから、化粧もせず、髪も洗いたてのままで、ちょうど青木の前に座ったのだそうです。そして、私に、「この試合な、これはたぶん、こっちの方が勝つぜ」と言ったそうです。私はそのことを全然覚えていませんでした。結婚した後に教えてくれたのでした。喫茶店で紹介されてから、私が働いていた店に飲みに来て、「君と僕とは縁があるんや」と言っていたのは、そのことだったのかと後で知りました。青木は「まさか、すんません、わしとつき合ってくれまへんかって、いきなり言ったらおかしいやろ」と言って照れていました。彼なりに、精一杯、礼儀を尽くした一瞬だったのだと思います。

青木の死は、普通であれば、早過ぎるということになるのだと私も思います。しかし、四十を過ぎて漫画家として成功し、それから結婚をして、五十半ばで子供に恵まれた彼の人生は、普通では得がたい、充実した人生だったと思います。

好きあって結婚したのに、よく喧嘩もしました。青木は仕事で手を抜くことが絶対に出来ないたちなので、アイディアがわかないと、神経質になって、だんだんカリカリしてくるのです。そうすると、何気ない一言でも頭に来て、物に当たるということがありました。言い合いになると、性格が似ているだけに、どちらも引かないのです。翌朝になって、「なんでワシ、あんなことしたんやろ」と謝るのでした。そのたびに、私は、妻というよりも、二十歳も年下なのに、まるで保護者のような、母親のような気持ちにさせられたものです。でも、いつでも一言余計に言い返してしまう私を、最後には許してくれて、ありがとう。

相談して子供は二人以上欲しいと言いました。でも、私が病気をしていて、なかなか出来ません。治療のために病院に通っていたけれど、済まない気持ちでいたんです。だから子供が授かったと分かった時、講演先にいる青木に我慢できずに電話したのでした。「できた」と言うたら、「ほんまか、わし、うれしいわ」と例の大きな声で言ってくれたこと、忘れられません。「治療で通院しながらの妊娠なのによう頑張ったな」と青木は言い、その時バーッと二人で泣いたのでした。あの時のこと、ありがとう。

あなたはいつも、すごい力で私たちを守ってくれていました。

私の方は、世の中のどこを探しても、あなたに合う人は私しかいないから、私は国宝級よと冗談で言いましたね。そしたらあなたが「それはそう思う」と真顔で言うので、よく吹き出してしまうのでしたね。あなたは「ワシを一番だと認めてくれて、理解してくれたのはおまえだけや。おまえを怒らして、出ていかれたら、あと、だれも来ない」とよく言っていたけれど、そうじゃないよ。私こそ、あなたに、私を見つけてくれてありがとうと言いたい。

私のことを幸せにしてくれてありがとうと言いたい。

私のことを救ってくれて、守ってくれて、幸せにしてくれてありがとう。

●最終章

# 弔辞

畑中 純

▲敬愛する漫画家、畑中純氏と。

九月五日の昼、青木雄二さんが亡くなったという知らせを受けました。

電話の後、青木さんの『さすらい』を読み始めましたが、すぐに涙で曇っていきました。

弔辞の原稿に難行しているボクを見て女房が言いました。アキラの『惜別の唄』を唄えば青木さんが喜んでくれるのでは、と。まさか…。

が、すぐに、それがいいかもしれない、に変わりました。涙でグシャグシャになったら詩は読むだけにする、もし、気力が保てれば唄わせてもらう、と決めました。

そして結果的には唄ったのです。青木さんなら、きっと笑って許してくれると思って。

## 弔辞　『ナニワ旋風児』

青木さん、早すぎますよ。あまりに早すぎましたねえ。

十年ほど前に『ナニワ金融道』が講談社漫画賞を受賞して以来のお付き合いでしたね。初めてお会いした時から、只者ではない、と感じさせる人でした。激しさと優しさの混じった奇妙な味わいもありました。会う度に強烈な印象を植えつけられる、そう感じたのは一人ボクだけではなかったはずです。漫画賞の控え室で、二人で審査員に紹介された時に、女性マンガ家が「すごいマンガ家！」と言って後ずさりしたのを見て「青木さん、嫌われてますよ」「畑中さんでっしゃろ」と笑い合った事や、若き日に新人賞の入選作に否定的な評を下したマンガ界の大御所をキッと睨み据えていた青木さんを、つい昨日の事のように思い出します。

その頃から本当にすごかった。アレよアレよという間に極めつきのベストセラー作家となり、手塚治虫賞も受賞し、マンガ家卒業宣言後はエッセイなどでマルクスを伝道し、又、マンガの監修者として時代の寵児であり続けていました。青木さんの大好きな小林旭になぞらえて言えば、その活躍ぶりは『ナニワ旋風児』と言いたくなるようなものでした。癌細胞など『ダイナマイトが百五十屯』でぶっ飛ばしてやりたかったですね。

多くの読者を魅了したその作風は、実体験に基づいた驚く程の具体性です。一見素朴に見えるんだけど高度にデザイン処理された絵ガラも魅力的です。作家になるために特別な体験が必要なのではなく、経験を作品化できる人が作家になっているんですよね。青木さんは、人間の生理と社会の構造の両方に目の届く人でした。金融システムを世間に教え、人の欲望をリアリズムで見つめ、見定めた果てに桃源郷を夢見た人。ボクは青木さんをそんな風に眺めていました。

青木さんが度々言っておられたように、現在、日本の教育で欠けているのは、お金と道徳の問題ですね。ボクらは、二十世紀の初め頃に定義された「経済が全てを規定する」とか「人は性欲に支配されている」とか「理想を求めて動く」とか「エネルギーの源は優越感であり劣等感である」とかから自由になっていません。確かに経済不安は様々な心理不安を呼んでいます。答が見い出せない時代です。人に我欲というものがある以上、全てに人が納得する答は永久に無いのかもしれません。誰もが自信を喪失している時代に、青木さんほど堂々と説得力のある答を打ち出している人はいませんでした。最新作の『カバチタレ』あるいは『コマネズミ常次朗』は資本主義の病巣を撃つものであり『桃源郷の人々』は低成長時代の幸福の追求ですね。

「世界がぜんたい幸福にならないうちは個人の幸福はあり得ない」と言ったのは宮澤賢治でした。見果てぬ夢でしょうが、やはりボクらは社会の幸福を目指さなければいけません。青木さんは、その言葉を使う人達に批判的でしたが「自由と平等」だってスローガンとしてかかげ続けなければいけません。青木さんの桃源郷は、どこか原始共産社会の香りがしていましたね。物事に終点や完成は無い、と知っていても桃源郷を夢見るべきですよね。理想の社会は在る！　と信じて進む過程に、持続する意志の中に真理が在る！　と、青木さんの全仕事が言っています。

やがて、生臭い仕事の現場を離れ、青木さんは白髪になり、ボクはすっかりハゲたりして、ヨボヨボした頃に「昭和という時代はああだったね」「マンガはこうだったね」と話し合える日が来るだろうと楽しみにしていました。残念です。時代はかけがえのない指導者の一人を失ったのですから。

青木さんは、人の何倍ものスピードと気力で見事な作品群を残してくれました。選ばれた人というのは孤独を引き受けるものです。多くを得ると同時に持った苦悩の大きさは並大抵ではなかったでしょう。そこで、苦しさを柔らげてくれたのは奥さんだと思います。若代さんといっしょになったことで青木さんの仕事は輝き続けました。青木さん、若代さんと旭ちゃんをずっと見守ってあげて下さいね。

青木さんのマンガ作品や数々のエッセイは、今後も人々を刺激し、救ってくれることでしょう。

最後に、島崎藤村の詩をアキラが唄った『惜別の唄』でお別れします。

遠き別れに　耐えかねて
この高楼《たかどの》に　のぼるかな
悲しむなかれ　我が友よ
旅の衣を　ととのえよ

別れと言えば　昔より
この人の世の　常なるを
流れる水を　ながむれば
夢はずかしき　涙かな

島崎藤村　詩

青木雄二さん、
ご苦労様でした。
ありがとうございました。

二〇〇三年　九月八日

# 僕が最後に
# 言い残したかったこと

2003年11月10日　初版第1刷発行（検印廃止）

著者 ―――――――――――― 青木雄二
©YUJI AOKI 2003
発行者 ―――――――――――― 笹原　博
発行所 ―――――――――― 株式会社小学館
〒101-8001 東京都千代田区一ツ橋2-3-1
電話：編集　03-3230-5515
販売　03-5281-3555
制作　03-3230-5333
振替　00180-1-200

印刷所 ―――――――――― 凸版印刷株式会社
製本所 ―――――――――― 凸版印刷株式会社
DTP制作 ―――――――― 有限会社ビーコム

●本書の一部または全部を無断で複製、上映、放送等をすることは、法律で認められた場合を除き、著作者及び出版者の権利侵害となります。あらかじめ小社あてに許諾を求めてください。
●造本には十分注意しておりますが、万一、落丁、乱丁（本のページの抜け落ちや順番の間違い）の場合は、購入された書店名を明記して「制作局」（☎0120-336-082）あてにお送りください。送料小社負担にてお取り替えいたします。
Ⓡ［日本複写権センター委託出版物］本書の一部または全部を無断で複写（コピー）することは、著作権法上での例外を除き禁じられています。本書からの複写を希望される場合は、日本複写権センター（☎03-3401-2382）にご連絡ください。

ISBN 4-09-371373-1 ©SHOGAKUKAN 2003 Printed in Japan

# 銭道《ぜにどう》
# 青木雄二

◉定価／本体1,200円＋税
◉発行／小学館

**大増税、預金封鎖、新札切り替え…！**

**いよいよ大インフレへの秒読みやで!!**

**でも、こわがることなんかあらへんて！**

**インフレを楽しめてこそ、ホンマもんの金持ちや!!**

**銭道教祖、青木雄二の金銭革命!!**


これらの本がお近くの書店にない場合は、下のインターネット・ブックショップにアクセスを!!

24時間、インターネットを通じてご注文できます。

［SHOGAKUKAN ONLINE］ http://www.shogakukan.co.jp

「銭道」「銭道さすらい編」
青木雄二流
金儲け哲学の原点が
この2冊にある!!

銭道《ぜにどう》
さすらい編
青木雄二

◉定価／本体1,200円＋税
◉発行／小学館